최소 비즈니스 라이팅

최소 비즈니스 라이팅

초판 1쇄 발행 2019년 10월 01일

지은이	최효석
발행인	조상현
마케팅	조정빈
편집인	김유진
디자인	김희진

펴낸곳	더디
등록번호	제2018-000177호
주소	경기도 고양시 덕양구 큰골길 33-170
문의	02-712-7927
팩스	02-6974-1237
이메일	thedibooks@naver.com
홈페이지	www.thedifference.co.kr

ISBN   979-11-61252-21-6 03800

| 더디 | 더디퍼런스 | 마이북 |

Business writing

최효석 지음

최소
비즈니스
라이팅

직장인에게
꼭 필요한
문서
커뮤니케이션

덤디

차례

비즈니스 글쓰기의 원칙

비즈니스 글쓰기에 대한 전문 서적들은 이미 많이 있습니다. 저 역시 그런 책들을 통해 비즈니스 글쓰기를 배우고 익혔습니다. 이론과 예문이 풍부한 훌륭한 책들은 많이 있는데, 정작 업무 현장에서 꼭 필요한 정보를 찾을 때는 어려움이 많았습니다. 그래서 현장에서 바로 적용할 수 있는 이 책을 쓰게 되었습니다.

모든 사람들이 글쓰기에 고민이 있고 더 좋은 글을 쓰고 싶어합니다. 기획 전문가로 활동하는 저조차도 늘 그런 갈증이 있습니다. 디지털 사회가 되면서 이제는 인공지능이 신문기사를 작성하는 것을 넘어, 소설도 쓰고 심지어 AI가 작성한 소설이 문학상까지 타는 시대입니다. 하지만 역설적으로 그만큼 자동화가 되어가는 시대이기에 그 능력을 갖춘 사람의 가치가 더 귀해지고 있습니다.

제가 강의 현장에서 만난 20년차 행정직 공무원이나 명문대에 재학중인 학생들 모두 "글쓰기를 체계적으로 배워 본 적이 없다."고 말합니다. 웬만큼 글을 쓸 것 같은 행정 전문가나 비싼 논술학원에 다녀서 기본은 쓸 것 같은 모범생에게도 가장 어려운 게 글쓰기라고 합니다. 그들에게 글쓰기란 어려운 것일 뿐만 아니라, 글쓰기에 고민이 많고 자신이 없다는 것을 여러 교육 현장에서 느낄 수 있었습니다. 더구나 비즈니스 글쓰기는 더욱 그렇습니다.

어렸을 때 아버지에게 자전거를 배워서 타고 놀다가, 한 20년 만에 다시 자전거를 타게 될 기회가 생겼다고 가정해 보겠습니다. 20년간 매년 한 달에 한 번씩 타 봐야 자전거 실력이 유지될까요? 그렇지 않습니다. 몇 번 핸들을 잡고 움직이다 보면, 비록 오랜만이라도 금방 다시 자전거를 탈 수 있게 됩니다.

저는 글쓰기도 자전거를 배우는 일과 다르지 않다고 생각합니다. 뛰어난 글을 쓰기 위해서는 꾸준한 훈련이 필요합니다만 글쓰기에 필요한 기술은 생각처럼 많지 않습니다. 글쓰기 강사나 편집자, 전문 작가로 일할 것이 아니라면, 몇 개의 대원칙만 지켜도 큰 무리 없이 '잘 쓴다.'는 말을 들을 수 있습니다.

이 '대원칙'은 특별한 글쓰기 방법이 아니라, 모든 종류의 비즈니스 글쓰기에 공통적으로 들어가는 사항입니다. 이메일, 회의록, 보고서, 기획서, 제안서, 보도자료 등 업무 현장에서 쓰는 글들은 각각 다를 것 같지만 모두 비슷합니다. 이것들을 원심분리기에 넣고 돌려 보면 업무 현장에서 쓰는 글쓰기의 공통점을 찾을 수 있을 것입니다.

이 책에서는 어떤 종류의 비즈니스 글쓰기에도 적용할 수 있는 공통원칙을 간결하게 알려드리고자 합니다. 이를 통해 앞으로 어떤 비즈니스 글쓰기를 하더라도 자신 있게 쓸 수 있게 되기를 기대합니다.

이 책은 기술(Skill)이라기보다는 원칙(Principle)과 철학(Philosophy)에 관한 내용입니다. 글쓰기를 할 때 무엇을 염두에 두어야 하는지를 말하고자 합니다. 다른 전문 서적들에 비해 설명도 짧은 편이고 예문도 풍부하진 않지만, 연간 100회 이상 이 주제로 강의를 하는 저의 경험을 모두 녹여 가장 핵심적인 내용만 독자분들이 쉽게 이해할 수 있도록 썼습니다.

어려운 출판 환경 속에서도 이 책의 출간을 결정해 주신 더디퍼런스 조상현 대표님과 김유진 편집자님에게 특별한 감사의 말씀을 전합니다. 또한 늘 응원과 지지를 해 주는 가족에게 가장 큰 감사의 마음을 전합니다.

저자 최효석

01

비즈니스 글쓰기란 무엇인가?

비즈니스 글쓰기는 모든 실용 글쓰기의 기본입니다. 최소한으로 써야 하기에 가장 간결하고 명확해야 하고, 최소한으로 쓰기 때문에 내용의 표현보다 형식의 논리성이 더 강조됩니다. 비즈니스 글쓰기의 두 가지 대원칙인 '논리'와 '간결성'을 만족하기 위해서는 '최소한(Minimal)'의 글쓰기를 해야 합니다.

비즈니스 글쓰기(Business Writing)가 무엇인지 알기 위해 우선 '글쓰기(Writing)'의 구조에 대해 먼저 살펴보도록 하겠습니다.

글쓰기는 크게 문학적 글쓰기(Literary writing)와 실용 글쓰기(Practical writing)로 구분할 수 있습니다. 우선 시, 소설, 수필 등 독자에게 감동과 재미를 주기 위한 목적으로 쓴 글을 문학적 글쓰기라고 말합니다. 문학적 글쓰기는 감동 또는 재미를 주는 목적이기 때문에 소재나 문장, 표현, 어휘 등이 중요합니다. 물론 문학에서도 논리성이 중요하지만 실용 글쓰기에 비해 창의성이 더욱 필요한 분야입니다.

문학적 글쓰기를 제외한 나머지 모든 종류의 글쓰기는 실용 글쓰기(Practical writing)입니다. 실용 글쓰기는 업무 현장 등에서 실무적인 목적을 달성하기 위해 사용하는 글쓰기의 종류입니다. 크게는 비즈니스 글쓰기(Business writing)와 학문적 글쓰기(Academic writing)가 대표적입니다. 학문적 글쓰기도 에세이의 경우 문학적 글쓰기의 형태가 될 수도 있지만, 논문의 경우 실용 글쓰기의 형태로 쓰입니다. 이렇듯 글쓰기를 칼로 자르듯 하나의 기준으로 구분할 수 없는 것처럼, 글쓰기에는 다양한 형태가 존재합니다.

글쓰기의 종류

	문학적 글쓰기 (Literary writing)	비즈니스 글쓰기 (Business writing)	
목적	감동, 재미	정보 전달	설득
결과물	시, 소설, 수필 등	보고서, 이메일, 공문, 회의록 등	기획서, 제안서, 기안문, 홍보물 등
포인트	소재, 문장, 표현 등	간결성	논리
관점	나를 위한 글쓰기 (Inward)	남을 위한 글쓰기(Outward)	

실용 글쓰기 중에서 비즈니스 글쓰기는 업무에서 쓰는 모든 종류의 글쓰기를 말합니다. 이메일, 보고서, 기획서, 회의록, 공문 등 비즈니스 현장에서 사용하는 문서 커뮤니케이션은 모두 비즈니스 글쓰기라고 부릅니다. 비즈니스 글쓰기의 목적은 크게 정보 전달과 설득으로 나뉩니다. 정보 전달은 한 사람이 알고 있는 내용을 다른 사람에게 정확하게 가감 없이 전달하는 것이고, 설득은 한 사람의 주장을 다른 사람에게 이해시키는 것을 말합니다. 이 두 가지 목적이 비즈니스 커뮤니케이션에서 사용되는 모든 방법의 가장 큰 분류입니다.

이 중에서 정보 전달을 목적으로 쓰는 글쓰기는 이메일, 보고서, 공문, 회의록 등이며, 설득을 목적으로 하는 글쓰기는 기획서, 제안서, 기안문 등입니다. 그렇다면 이 두 가지 글쓰기의 핵심 포인트는 무엇일까요? 한번 생각해 보겠습니다.

우리가 어떤 정보를 다른 사람에게 전달하려고 할 때 그 내용이 정확히 전달되지 않고 왜곡되는 이유는 무엇일까요? 그건 바로 핵심이 아닌 군더더기가 너무 많기 때문입니다. 그것들은 모두 소음입니다. 커뮤니케이션을 할 때, 말하고자 하는 핵심만 간추려서 요약하면 되는데, 대부분 불필요한 내용을 추가하여 혼선을 주는 경우가 더 많습니다. 내용이 길어지면서 설명이 풍부해지면 좋겠지만 비즈니스 글쓰기의 기본 원칙은 짧게 핵심만 쓰는 것입니다. 그렇기

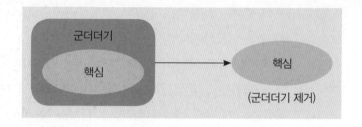

에 이해도를 높이기 위해서는 설명을 늘리는 것보다 핵심
이 아닌 것을 제거해야 합니다.

논리적인 글을 쓰기 위해서는 어떻게 해야 할까요? 이것
을 반대로 생각해 보겠습니다. 어떤 글이 논리적이지 않은
글일까요? 기업체 강연에서 주변에 비논리적인 사람(보통
부서의 상사를 떠올립니다.)의 커뮤니케이션 특징을 말해 보라
고 하면 주로 이렇게 이야기합니다.

"두서가 없다.", "쓸데없이 장황하다.", "핵심을 모르겠
다." 등등입니다. 모두가 일맥상통하는 말입니다. 그중에서
가장 많이 나오는 말은 "(지시만 하고) 근거가 없다."입니다.
어떤 부탁이나 설득을 할 때는 반드시 그 이유가 있어야 합
니다. 왜 해야 하는지 그 이유가 없다면 누구도 공감하지
못할 것입니다.

예를 들어, 금요일 오후에 슬슬 퇴근을 기다리며 시계를
보고 있는 직원이 있다고 합시다. 갑자기 상사가 오더니 "김
대리, 오늘 야근을 좀 하고 토요일과 일요일에도 나와서 업
무를 좀 처리했으면 좋겠어."라고 지시합니다. 여러분이라

면 기분이 어떻겠습니까? 아마도 황당한 기분이 들고 자신이 왜 초과 근무를 해야 하는지 그 이유를 납득하지 못할 것입니다. 바로 이런 것이 직원들이 생각하는 근거 없는 지시입니다.

그런데 알고 보니 사정이 있었습니다. 상사가 방금 전 급히 연락을 받았는데, 월요일 오전에 우리 부서를 완전히 뒤집는 대규모 감사가 온다고 하여 이번 주말까지 자료를 완벽하게 준비해야 하는 일이 생긴 것입니다. 그래서 준비해야 할 자료를 살펴보니 우리 부서에서 이 내용을 준비할 수 있는 적임자가 김 대리밖에 없었습니다. 그러면 김 대리를 찾아가 이렇게 말해야 합니다.

"김 대리, 내가 급히 연락을 받았는데 다음 주 월요일 오전에 우리 부서를 대상으로 대규모 감사가 올 예정이라고 하네. 내용을 보니 우리 부서에서 이것을 준비할 수 있는 적임자는 김 대리밖에 없네. 우리 부서를 대표해서 오늘 저녁과 이번 주말에 자료를 정리해 주면, 야근 수당과 특근 수당 등 모든 초과 근무 수당을 주는 것은 물론이고 다음 주에 대체 휴무도 쓸 수 있게 가용한 모든 편의를 봐주겠네. 우리 부서를 위해 준비해 줄 수 있겠나?"

과연 이 말을 들을 때도 황당한 기분이 들까요? 이와 같은 중요한 이유라면 어느 정도는 상황을 이해하고 조율할 의향도 있을 것입니다. 이것이 바로 '근거'입니다. 어떤 주장을 하기 위해서는 그것을 지지하는 강력한 근거가 있어야 합니다. 설득력이 없는 주장을 하는 가장 큰 이유는 그 설득 논리에 근거와 이유가 없기 때문입니다. 반대로 말하면, 근거와 이유가 탄탄해야 설득력 있는 주장이 됩니다. 여기서 말하는 근거에는 객관성이 가장 중요합니다. 주장과 근거를 구분 짓는 가장 큰 차이는 '객관성'입니다. 근거에 객관성이 없다면 그 역시 주장에 지나지 않습니다. 주장에 주장만 거듭하는 사람들의 커뮤니케이션을 보면 근거에 객관성이 무척 부족합니다.

여기서 말하는 '객관성'의 핵심은 '측정 가능성(Measurability)'입니다. 차이를 수치로 비교할 수 있어야 오해가 없습니다. '비즈니스 언어는 숫자'라고 말하는 이유도 여기에 있습니다. 보통 '근거'라고 할 때 쓰는 소스는 통계 자료, 연구 보고서, 논문 등의 검증된 출처를 말하며, 해석이 들어간 자료라 할지라도 업계에서 누구나 인정하는 권위자의 의견, 주요 일간지의 지면 기사, 통계적 반복을 통해 발견한 인사이트 등이 포함됩니다.

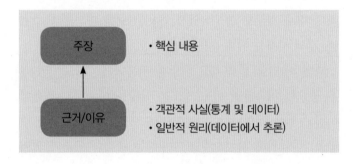

주장
• 핵심 내용

근거/이유
• 객관적 사실(통계 및 데이터)
• 일반적 원리(데이터에서 추론)

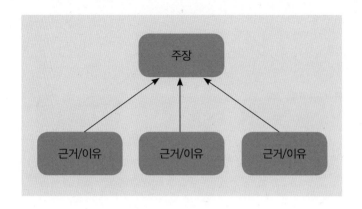

　중요한 것은, 우리가 어떤 주장을 할 때는 근거가 탄탄해야 설득력이 더욱 강력해진다는 점입니다. 한 가지 이유를 대는 것보다 세 가지 이유를 드는 것이 당연히 더 설득력이 있습니다.

　나아가 더욱 논리적이고 탄탄한 주장을 하기 위해서는 각각의 근거와 이유에도 그것을 지지하는 근거와 이유가 있어야 합니다. 결국 설득은 논리의 싸움인데 논리는 근거의 완결성으로 가늠되기 때문에 얼마나 정확하고 많은 근거와 이유를 무기로 가지고 있느냐가 설득력을 판가름하는 요소가 됩니다.

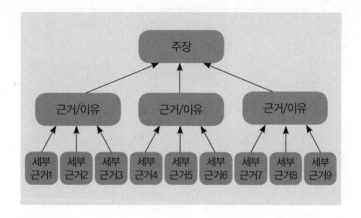

위 그림에서 보듯이, 비즈니스 글쓰기의 핵심은 결국 '논리'입니다. 다른 한 축인 간결성은 구조적인 글을 쓰기 위한 필수 요소입니다. 물론 간결한 문장(Simple sentence)과 장식적인 문장(Decorative sentence) 역시 실용 글쓰기와 문학적 글쓰기를 구분하는 중요한 차이입니다. 그런데 더 결정적인 차이는 논리적인 구조성입니다. 물론 문학도 구조적 엄격성이 존재합니다. 추리 소설이나 미스터리 소설 등은 실제로 기획서 작업을 하고 집필을 합니다. 시학(詩學)의 경우 그 구조를 연구하는 전공이 따로 있기도 하고요. 하지만 다른 여러 가지 형태가 공존하는 문학과는 다르게, 비즈니스 글쓰기는 이러한 구조적 글쓰기만이 거의 유일한 방법이라는 점이 가장 큰 차이라고 할 수 있습니다.

비즈니스 글쓰기의 고전으로 불리는 바바라 민토(Barbara Minto)의 『논리의 기술』을 보면 이러한 구조적 글쓰기를 명확하게 설명하고 있습니다. 이 책의 원제인 『The Minto Pyramid Principle(피라미드 원칙)』에서 알 수 있듯이 민토 피라미드의 핵심은 피라미드 형태의 구조적 글쓰기입니다. 16페이지에 있는 그림이 바로 민토 피라미드의 전형적인 형태입니다.

구조적 글쓰기의 기본 프레임은 앞에서 설명한 바와 같이 핵심 주장을 인수분해하여 각론으로 나누고 그것들은 세부 근거로 지지하는 형태입니다. 이것이 모든 비즈니스 글쓰기의 기본 원칙입니다. 이 원칙을 토대로 비즈니스 글쓰기에서 유의해야 할 다른 원칙들은 다음 장에서 하나씩 살펴보도록 하겠습니다.

이번 장에서는 비즈니스 글쓰기가 무엇인지 배웠습니다. 비즈니스 글쓰기는 업무 현장에서 문서로 유통되는 모든 글쓰기를 말하며, 논리와 간결성을 가지고 쓰는 것이 특징입니다. 문학적 글쓰기와 대비되는 가장 뚜렷한 차이는 목적을 달성하기 위한 논리적 구조를 가져야 한다는 점이고, 그것을 위한 구조적 글쓰기를 피라미드 형태로 작성하는 것이 기본이라는 점을 명심하면 됩니다.

02

비즈니스 글쓰기의 기본 원칙

비즈니스 글쓰기에는 몇 가지 원칙이 있습니다. 앞에서 말씀드린 논리와 간결성, 그리고 구조화가 대원칙이며, 몇 가지 더 추가해야 할 원칙들이 있습니다.

보고서 글쓰기 전문가 백승권(주식회사 CCC 대표이사)은 저서 『보고서의 법칙(바다출판사, 2019)』에서 보고서 작성의 핵심을 ①커스터마이징 ②핵심 요약 ③두괄식 ④카테고리 ⑤개조식 ⑥직관성과 설득력의 여섯 가지로 구분하였습니다. 저는 이 방법론을 조금 더 세분화하여 다음과 같이 설명하고자 합니다.

비즈니스 글쓰기의 기본 원칙		
논리	독자 관점(Reader-centered)	
	두괄식(Deductive writing)	
구조화	범주화(Categorization)	
	구조화(Structuralization)	
간결성	핵심 요약(Summarization)	
	간결성(Conciseness)	
	직관성(Intuitiveness)	

1. 독자 관점

모든 비즈니스 글쓰기는 독자의 관점에서 써야 합니다. 여기서 독자란 우리가 쓰는 보고서, 기획서, 이메일 등을 읽는 사람을 말합니다. 보통 보고서나 기획서에서는 결재 권자가 그 대상이 될 것입니다. 또한 홍보물 등은 잠재 고객들이 대상입니다. 비즈니스 글쓰기란 독자의 언어로 그들이 알고자 하는 것에 답을 주는 것입니다. 그러나 많은 사람들이 자신의 언어로 자신이 하고 싶은 순서대로 쓰는 것이 문제의 시작입니다.

예를 들어, 어느 회사원이 어떤 사업의 출장 보고서를 썼습니다. 대부분의 사람들은 출장 보고서를 쓸 때 시간 순서

대로 작성을 합니다. 1일차 오전에는 무엇을 했고 오후에는 어디를 다녀왔으며, 이튿날에는 누구를 만나고 무엇을 했다는 식으로 작성을 합니다.

하지만 이 출장 보고서를 받아 보는 상사의 입장에서 가장 궁금한 내용은 무엇일까요? 출장에 다녀와서 얻은 성과가 무엇인지 가장 궁금할 것입니다. 영업 목적의 출장이었다면 영업의 결과이고, 행사 참석 목적의 출장이었다면 행사의 내용과 결과일 것입니다. 그렇다면 당연히 이 출장 보고서는 보고 받는 사람의 궁금증을 해결해 주는 내용으로 써야 합니다. 그리고 이것이 보고서의 목적입니다. 상급자가 더 나은 의사결정을 할 수 있도록 내용이나 의견을 문서로 정리한 것, 그것이 바로 보고서입니다.

비단 보고서뿐만 아니라 비즈니스 커뮤니케이션에서 가장 중요한 것은 바로 '상대방이 원하는 것'이 무엇인지를 파악하는 것입니다. 그리고 그에 대한 답을 내려 주는 것입니다. 마케팅에서는 이를 '니즈(Needs)'라고 합니다. 문학적 글쓰기와 비즈니스 글쓰기의 차이에서와 같이 예술과 비즈니스의 가장 큰 차이가 여기에 있습니다.

작품은 작가의 개성과 독창성(Originality)이 있어야 합니다. 팬들은 그 작가만이 가지고 있는 가치에 비용을 지불합니다. 하지만 상품은 차별성을 유지하면서도 고객이 원하는 제품을 만들어야 합니다. 상품과 작품의 차이는 단지 희소성의 차이만이 아닙니다. 같은 미술작품이라도 자신의 색깔을 유지하며 대량으로 프린트를 하면 작품이지만, 맞춤형으로 한다고 해도 클라이언트에 따라 스타일이 바뀌는 모작(Imitation)의 경우 상품이라고 할 수 있습니다. 그래서 예술가들은 혼자 내면의 독백을 하는 경우가 많지만, 마케터는 고객의 소리를 듣고 다녀야 합니다. 잠재 고객이 원하는 것, 그것이 바로 니즈(Needs)입니다.

예술품으로써의 문학작품을 쓸 것이 아니라, 업무 현장에서 통용되는 비즈니스 문서를 쓰기 위해서는 '읽는 사람의 관점'에 민감해야 합니다. 그것이 기본입니다. 물론 이것이 과하여 기획자의 목소리는 하나도 들어가지 않고 '위에서 시키는 대로만 만든' 보고서들이 많은 현실도 인정합니다. 그럼에도 불구하고 실무자의 관점에서는 보고서를 읽는 대상이 원하는 결과를 문서로 표현해 주는 것이 첫 번째 역할입니다.

그럼 이제 업무 현장에서 커뮤니케이션을 할 때 상대방이 알고 싶은 것이 무엇인지 먼저 생각해 보겠습니다. 자, 대학생이 되었다고 해 봅시다. 한 학기 동안 배운 내용으로 학기 말에 프레젠테이션을 합니다. 교수님은 발표를 들으면서 어떤 것을 알고 싶어 할까요? 아마도 '학생들이 한 학기 동안 배운 내용을 얼마만큼 잘 이해했는가?'일 것입니다. 그렇다면 학생들은 당연히 그것에 포커스를 두고 '나는 교수님이 알려 준 내용을 잘 이해했다.'를 강조해야 좋은 발표가 될 것입니다.

그렇다면 학생들은 수강 신청을 할 때 어떤 것들이 궁금할까요? '이 교수님은 쉽고 재미있게 가르칠까?', '점수(학점)는 잘 줄까?', '이 수업이 취업에 도움이 될까?', '이 수업을 들으면 나한테 어떤 도움이 될까?' 같은 것이 궁금할 것입니다. 그렇다면 교수 입장에서는 강의 소개에 이들이 궁금해할 내용을 먼저 써 놓아야 합니다. 그렇게 하면 다른 과목에 비해 신청이 좀 더 몰리지 않을까요? 학생들이 알고 싶어하는 내용을 잘 설명해 주었으니까요.

이번에는 여러분이 스타트업 창업자로서 창업경진대회 발표장에 나갔다고 해 보겠습니다. 앞에는 청중들도 있지만, 각 분야의 전문가들 여러 명이 심사위원으로 앉아 있습니다. 그 자리에서 이 창업자는 어떤 이야기를 해야 할까요?

마찬가지로 '창업경진대회 심사위원들은 내 발표를 통해 어떤 내용을 알고 싶을까?'를 먼저 생각해야 합니다. 아마도 그들은 '이 아이템이 얼마나 사업성이 있는가?', '창업자의 사업 계획은 실현 가능성이 있는가?', '아이템은 독창적이고 경쟁력이 있는가?', '어떻게 제품을 홍보하고 판매할 것인가?' 등의 내용이 궁금할 것입니다. 그렇다면 애초에 프레젠테이션 슬라이드를 기획할 때 이런 예상 질문에 따른 답변을 녹여 만든다면 훨씬 더 완성도가 높은 발표가 될 것입니다.

그러나 필자가 이런 행사에 심사위원으로 가 보면 자신들의 '열정'만을 강조하는 창업자들이 많습니다. 열정은 중요합니다. 그러나 심사위원들은 그들의 열정을 궁금해하지 않습니다. 열정 없이 사업하는 경우는 없으니 차별 요소가 될 수 없기 때문입니다. 또는 창업가의 이력을 강조하는 팀도 있습니다. 적합한 동기와 경험이 플러스 요소는 되겠지만, 그것이 사업 성패에 결정적인 영향을 미치는 것은 아닙니다. 이것이 바로 '심사위원이 알고 싶어하는 내용'이 아닌 '내가 말하고 싶은 내용'을 중심으로 발표하는 전형적인 사례입니다.

회사에서 작성하는 보고서도 마찬가지입니다. 직장인들은 주로 '본인이 일한 시간 순서 대로' 보고서를 씁니다. 앞에서 말한 출장 보고서도 그렇고 회의 보고서도 마찬가지입니다. 회의 보고서를 회람받은 사람은 속기록을 원하는 것이 아닙니다. 그들이 알고 싶은 것은 회의에서 무슨 내용이 오갔는가입니다. 그렇다면 그 내용을 중심으로 작성되어야 합니다.

요약 보고서에는 어떤 내용이 들어가야 할까요? 요약 보고서는 보통 신문기사나 동향, 사건, 행사 등의 내용을 정리한 보고서입니다. 이 보고서의 목적은 전체 내용을 빠르게 이해할 수 있도록 하는 것입니다. 그렇다면 이 보고서를 받아보는 사람이 필요한 것은 '핵심'만 '간결하게 요약'한 글입니다. 따라서 요약 보고서는 '핵심을 어떻게 파악할 것인가'와 '문장을 어떻게 간결하게 쓸 것인가'가 관건입니다.

보통 기획서라 부르는 기획 보고서는 새로운 사업이나

이벤트 등을 할 때 어떻게 할 것인지를 계획하는 문서를 말합니다. 요약 보고서가 기존에 있는 내용을 정리하는 것이라면, 기획서는 제로베이스(Zero-base)에서 기획자의 아이디어에 따라 결론을 도출하는 방식으로 작성됩니다. 전자는 연역법이고, 후자는 귀납법이라고 할 수 있습니다.

　지금까지 글쓰기 법칙 중 첫 번째 법칙인 '독자 관점'에 대해서 알아보았습니다. 독자 관점이란 요약하자면 독자에게 어떤 메시지를 전달할 것인가가 아니라, '독자들이 원하는 메시지를 찾는 것'이라고 정리할 수 있습니다.

● 쓰는 사람 관점 VS 읽는 사람 관점
예시> 엘리베이터에서 만난 영업 사원의 상품 소개

쓰는 사람의 관점 (자신이 얼마나 노력했는지를 설명)	저희 회사의 신제품이 지난 주에 막 출시되었습니다. 개발진부터 회사의 모든 임직원들이 정말 노력해서 만든 역작입니다. 아마도 한번 경험해 보시면 다른 제품은 못 쓰실 거라고 확신합니다. 주변의 몇 분들에게 시험 삼아 써 보실 수 있도록 샘플을 드려 봤는데요. 다들 하나같이 이렇게 좋은 제품은 처음이라고 하더라고요. 제품이 좋으니 이걸 판매하는 저도 자부심이 듭니다.

읽는 사람의 관점 (고객이 얻게 되는 이익을 중심으로 설명)	이번에 나온 저희 회사의 신제품은 귀사에 업무 효율을 높일 수 있는 최고의 수단이 될 것입니다. 현재 쓰시는 A사의 제품에 비해 시간은 30% 이상 줄이면서도, 비용은 되레 10%가 더 저렴합니다. 저희가 시뮬레이션을 해 본 결과, 귀사의 제품을 A사에서 저희 제품으로 바꾸면 이로 인해 절감되는 비용이 연간 5억 원에 이를 것으로 기대됩니다. 5억 원을 줄일 수 있는데 5백만 원을 투자하지 못하시겠습니까? 내일 한번 찾아뵙고 더 구체적으로 설명을 드리고 싶은데 괜찮을까요?

2. 두괄식

비즈니스 글쓰기의 기본은 두괄식입니다. 일부 예외적인 경우를 제외하곤 거의 대부분이 두괄식입니다. 단, 문단과 문장은 전적으로 두괄식이나, 보고서 전체의 흐름은 미괄식으로 쓰이는 경우도 있습니다.

예를 들어 서론-본론-결론의 형태로 진행되는 보고서는 수사학적으로 Why-How-What의 구조가 설득력이 있습니다. 서론에서 배경을 말하고, 본론에서 내용을 말하고, 결론에서 결정할 내용을 말하는 구조이지요. 이런 경우 전체의 흐름은 미괄식으로 볼 수 있습니다.

그러나 그 안에서도 서론-본론-결론의 각 단계는 두괄식으로 진행되어야 합니다. 그렇다고 보고서 구성이 결론-본론–서론이 되어야 하는 것은 아닙니다. 다만 각 서론–본론–결론 부분을 두괄식으로 구성되는 것이 좋습니다. 이를 도식화하면 아래와 같습니다.

	두괄식으로 비즈니스 글쓰기	
서론 (Why)	**앞** 서론의 주제	제목, 개요, 목적, 목표, 배경
	뒤 서론의 내용	
본론 (How)	**앞** 본론의 주제	현황, 문제점, 개선 방안
	뒤 본론의 내용	
결론 (What)	**앞** 결론의 주제	기대 효과, 조치 사항, 추진 계획
	뒤 결론의 내용	

비즈니스 글쓰기는 왜 두괄식으로 써야 할까요? 비즈니스 글쓰기는 앞에서 말한 바와 같이 정보를 전달(보고서/이메일)하거나, 주장이나 의견을 설득(기획서/제안서)하는 목적을 가지고 있습니다.

첫째, 정보를 전달하는 경우에는 최대한 빨리 핵심부터 알려주는 것이 중요합니다. 만약 중요한 핵심이 문서의 중간이나 말미에 있다면 읽는 사람은 그 문서를 처음부터 끝까지 다 읽어야만 합니다. 이로 인한 시간적 낭비가 큽니다.

그래서 잘 만든 보고서의 경우 제목과 부제만 가지고도 전체의 내용을 가늠할 수 있어야 합니다. 예를 들어, 공공 보고서의 경우 문서의 맨 앞에 전체 내용을 요약한 개요를 넣도록 되어 있는데, 그 이유 역시 보고서를 읽는 사람이 제목과 개요만 보고도 전체 내용을 파악할 수 있도록 하기 위함입니다. 문학은 독자의 흥미를 끌기 위해 예측할 수 없는 문장을 첫 문장으로 삼는 경우가 많습니다. 하지만 비즈니스 글쓰기는 첫 문장만 보고도 전체의 내용을 파악할 수 있도록 해야 합니다.

둘째, 설득의 관점에서도 두괄식이 더 유리합니다. 미괄식으로 전개되는 스토리텔링의 경우에는 이해와 감동은 줄 수 있지만, 실제 비즈니스 현장에서는 스토리텔링 방식으로 쓰기에는 시간과 자원이 부족합니다. 그렇다고 짧은 분량을 맞추기 위해 헤밍웨이처럼 한 문장만으로 독자를 감동시킬 수 있는 문장력을 키울 수도 없는 노릇입니다.

이런 경우 가장 직관적으로 주제를 정확하게 말하는 것이 힘이 있습니다. 소개팅을 하고 첫 데이트를 마친 상황이라고 가정해 볼까요?

한 사람은 오늘 있었던 일을 구구절절 이야기하다가 마지막에 헤어지기 직전에야 파트너에게 마음에 든다고 고백을 하고, 다른 한 사람은 당신이 마음에 든다고 먼저 고백을 하고 그다음에 그 이유를 설명해 준다고 합시다. 여러분은 어떤 말에 더 끌리시나요? 제가 강의 때마다 이 사례를 물어보면 99%의 사람들이 두괄식 고백이 더 좋다고 말합니다. 저도 사적인 대화는 물론이고, 회의나 비즈니스 미팅도 결론이 먼저 나오는 대화가 더 파워풀하다고 생각합니다.

이번에는 잠재 고객사에 제안서를 보낸다고 해 보겠습니다. 고객이 알고 싶은 내용과 이 제안의 핵심을 제일 앞에 넣어 배치해 봅니다. 첫 페이지에 제안하는 내용을 넣고, 그다음 페이지부터 고객이 얻는 이익을 넣고, 그다음 페이지에는 그 제안을 어떻게 수행할 것인가에 대한 디테일을 적어 놓는다면 굉장히 힘 있는 문서가 될 것입니다.

반대로, 1페이지에 회사 소개, 2페이지에 연혁, 3페이지에 조직도가 나오고, 총 20페이지 분량인데 18페이지쯤에 제안 내용이 나온다면 읽는 사람의 입장에서 어떨까요? 읽는 과정에서 굉장히 지치고 지루하기 때문에 설득력도 떨어지게 됩니다. 그래서 업무 현장에서 힘이 있는 글은 주제를 먼저 말하는 두괄식으로 써야 합니다.

● 사람들이 가장 알고 싶은 핵심은 무엇인가?
예시> 다음 주에 진행하는 부서 회식 공지 메일

미괄식	회식 장소를 모르시는 분은 연락 주시면 개별 안내해 드리겠습니다. 그동안 바쁜 프로젝트를 하시느라 다들 고생하셨고, 그 과정에서 일어난 상호간의 오해도 풀 수 있는 시간이 되면 좋겠습니다. 이번 상반기에 유일하게 진행하는 회식인 만큼 많은 참여 부탁드립니다. 장소는 회사 후문에 있는 참나무 갈비집이며, 9시 이전에 마칠 예정입니다 회식 일정은 다음 주 금요일 4월 26일 6시입니다.

두괄식	다음 주 금요일 4월 26일 6시에 저희 부서 회식을 하기로 하였습니다. 장소는 회사 후문에 있는 참나무 갈비집이며, 9시 이전에 마칠 예정입니다. 이번 상반기에 유일하게 진행하는 회식인 만큼 많은 참여 부탁드립니다. 그동안 바쁜 프로젝트를 하시느라 다들 고생하셨고, 그 과정에서 일어난 상호간의 오해도 풀 수 있는 시간이 되면 좋겠습니다. 회식 장소를 모르시는 분은 연락 주시면 개별 안내해 드리겠습니다.

3. 범주화

범주화(Categorization)란 생각의 덩어리(chunk)들을 일정한 기준에 맞추어 묶어 정리하는 것입니다. 영어의 표현대로 '카테고리로 나누어 분류하는 것'으로 이해할 수 있습니다.

범주화는 크게 두 가지 단계로 진행됩니다. 첫째, 속성이 비슷한 것끼리 묶습니다. 둘째, 합쳐 놓은 그룹의 속성을 대표할 수 있는 이름을 붙입니다. 이 두 단계를 통해 흩어져 있던 아이디어를 정리할 수 있습니다.

예를 들면 다음과 같습니다.

● 아이디어 범주화하기
예시> 새해에 이루고 싶은 계획

아이디어		1단계 범주화	
달리기, 음악 감상, 헬스, 걷기명상	→	유산소운동	달리기, 수영
		근력운동	헬스, 크로스핏
		명상	걷기명상, 호흡명상
		취미생활	독서, 음악 감상

달리기와 수영을 묶어서 '유산소운동'이란 공통의 이름표를 붙일 수 있습니다. 헬스와 크로스핏을 합쳐서 '근력운동'으로 묶을 수 있고, 걷기명상과 호흡명상은 '명상'이라는 공통점이 있습니다. 또 독서와 음악 감상은 '취미생활'이라고 할 수 있습니다.

이렇게 범주화를 할 때는 두 가지 특징을 고려해야 합니다. 첫째로, 범주화는 여러 단계로 계층화될 수 있다는 점입니다. 예를 들어 달리기와 수영이 '유산소운동'으로, 헬스와 크로스핏이 '근력운동'으로 범주화한 것처럼, 유산소운동과 근력운동을 합쳐서 '육체적 건강'으로 묶을 수 있습니다. 또 명상과 취미생활을 묶어 '정신적 건강'으로 묶는 것도 가능합니다. 이를 도식화 하면 다음과 같습니다.

3단계 범주화 예시

1단계	2단계	3단계
육체적 건강	유산소운동	달리기, 수영
	근력운동	헬스, 크로스핏
정신적 건강	명상	걷기명상, 호흡명상
	취미생활	독서, 음악 감상

이렇게 카테고리를 나누어 생각하면 범주화의 다음 단계인 구조화(Structuralization)의 재료가 만들어집니다. 범주화는 생각을 정리하는 기술의 첫 단계입니다. 랜덤하게 분포되어 있는 정보를 일정한 기준에 맞추어 분류함으로써 보다 체계적으로 생각을 정리할 수 있습니다.

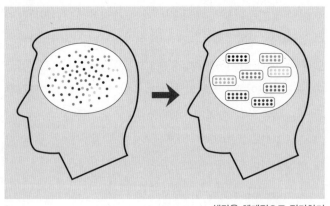

생각을 체계적으로 정리하기

생각을 범주화해야 하는 이유는 다음과 같습니다.

첫째, 범주화는 복잡하게 흩뿌려진 생각을 정리할 수 있습니다. 이를 통해 단어나 문장의 단위가 아닌, 덩어리 단위로 생각할 수 있게 됩니다. 일종의 생각 블록이 만들어지는 셈입니다. 우리는 블록을 만들고 나서야 그 블록으로 무엇이든 만들 수 있게 됩니다. 이렇게 일정한 규격에 맞추어 블록을 만들어야 생각의 효율성을 높일 수 있습니다.

둘째, 범주화를 통해 우리가 만든 생각 블록들을 구체화할 수 있습니다. 예를 들어 여러 색깔의 블록들을 가지고 '빨간 블록', '파란 블록', '노란 블록'이라고 이름을 붙이면 그 카테고리 안에 있는 블록들의 속성을 규정할 수 있게 됩니다.

김춘수 시인의 〈꽃〉이라는 작품에 '내가 그의 이름을 불러주었을 때, 그는 나에게로 와서 꽃이 되었다.'라는 유명한 구절이 있습니다. 마찬가지로 우리 생각들도 그것에 맞는 이름을 붙여 주어야 그 가치가 만들어집니다. 다만 개별 생각에 하나하나 이름을 지어 주기에는 너무 많고 복잡하니, 일정한 기준에 맞춰 같은 이름을 붙여 주면 더 효율적이 되겠지요. 이것이 바로 범주화(Categorization)입니다.

● 생각을 범주화하는 전 과정
예시> 새해에 이루고 싶은 계획

분류 전
(아이디어가 혼재된 상태)

브랜딩, 자원봉사, 인문학 독서, 필라테스, 마케팅, 독서모임, 영어, 요가, 케이스스터디, 달리기, 명상, 동창회, 탁구, 경영전략, 수영, 브랜딩, 달리기, 디자인, 헬스

분류 후			
(유사한 속성끼리 분류한 후, 그 속성을 대표하는 이름표 붙이기)			
운동	공부	자기계발	관계
헬스, 필라테스, 요가, 달리기, 수영, 탁구	마케팅, 경영전략, 케이스스터디, 브랜딩, 디자인	영어, 인문학 독서, 명상	독서모임, 동창회, 자원봉사

4. 구조화(Structuralization)

범주화가 생각의 블록을 만드는 것이라면, 구조화는 그 블록을 이용하여 건물을 짓는 것입니다. 블록은 그 자체만으로는 의미를 갖지 못합니다. 그것에 의미(meaning), 용도(use), 위계(hierarchy)를 부여함으로써 목적을 달성할 수 있습니다.

글쓰기에서 구조화란 대표적으로 논리의 구조를 말합니

다. 논리적으로 커뮤니케이션을 하기 위해서는 결과에 도달하는 과정이 중요합니다. 이러한 '과정→결과'로 이르는 구조가 깊이로는 계층적이고, 폭으로는 넓게 확장될 때 설득력을 갖게 됩니다. 즉, 효과적으로 설득하기 위해서는 논리의 깊이와 폭이 모두 높을수록 좋습니다. 이렇게 깊이와 폭이 모두 넓어진 구조는 당연히 피라미드형 구조일 수밖에 없습니다.

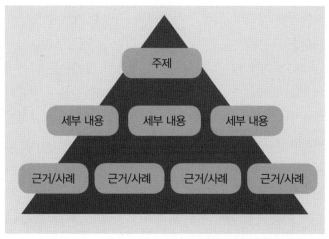

설득하기 위한 피라미드형 구조

　오늘날 논리적 비즈니스 글쓰기의 기본 원칙을 세운 사람이 바바라 민토(Barbara Minto)라는 점에 이의를 제기할 전문가는 거의 없을 것입니다.

　구조화를 설명하기 위해 바바라 민토를 먼저 알고 넘어

가고자 합니다. 그녀는 하버드 경영대학원을 졸업하고 맥킨지 컨설팅 최초의 여성 컨설턴트로 입사한 입지전적인 인물입니다. 그녀는 그곳에서 전 세계에서 가장 똑똑하다는 경영 컨설턴트들을 대상으로 컨설팅 보고서 작성법을 교육했으니, 이미 그 능력의 우수성을 인정받았다고 볼 수 있습니다. 그렇게 컨설팅 보고서 작성법을 교육하다가 1973년 그녀는 '민토 인터내셔널(Minto International)'이라는 회사를 설립하여 맥킨지뿐만 아니라 전 세계의 경영 실무자들에게 보고서 작성의 노하우와 기술을 가르쳐 주었습니다.

그녀가 평생에 걸쳐 연구하고 검증한 방법론은 그녀의 책 『The Minto Pyramid Principle(민토 피라미드 원칙, 국내 번역명: 논리의 기술, 1996)』이 말해 주고 있습니다. 전 세계적인 베스트셀러를 넘어 비즈니스 글쓰기의 바이블이 된 이 책의 핵심은 '논리적/구조적 글쓰기'이며, 하위 근거가 상위의 논리를 지탱하는 피라미드 형태입니다. 그녀는 이것을 자신의 이름에 빗대어 '민토 피라미드 원칙(The Minto Pyramid Principle)'이라고 명명하였습니다. 그녀의 책에서 말한 민토 피라미드의 형태는 다음과 같습니다.

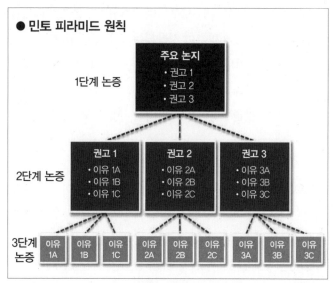

출처: https://www.stratechi.com/communication/

어떤가요? 우리가 앞에서 배웠던 내용과 같습니다. 실제로 저처럼 비즈니스 글쓰기를 강의하거나 컨설팅을 하는 사람 중에 그녀의 영향을 받지 않은 사람은 단 한 명도 없다고 할 정도로, 민토 피라미드 원칙은 기본적이고 필수적인 접근 방법입니다.

이것이 바로 생각의 구조화입니다. 그래서 글쓰기뿐만 아니라 논리적 사고법(Logical Thinking)이나 문제해결능력(Problem-Solving) 등과 관련한 책이나 교육을 보면, 예외 없이 생각을 인수분해하고 이를 계층화하는 훈련을 강조합니다. 마인드맵(Mind-Map)이나 로직트리(Logic Tree)와 같은 기법들이 이러한 대표적인 도구이며, 피라미드 글쓰기(Pyramid Writing)가 이 원리에 맞추어 사용되는 표준 원칙입니다.

우리는 글쓰기의 구조를 배울 때 두괄식, 미괄식, 양괄식과 같은 기법을 배웁니다. 그런데 이 '두괄식'에 해당하는 영어 단어는 없습니다. 가장 비슷한 개념으로 '귀납적 글쓰기(Inductive writing)'와 '연역적 글쓰기(Deductive writing)'가 있으나 엄밀하게는 조금 다른 개념입니다.

'두괄식'이 그에 상응하는 영어 단어가 없는 이유는 서구에선 모든 글쓰기가 두괄식이기 때문입니다. 너무 상식적이고 당연한 것이기에 그 표현이 없다고 합니다. 예를 들어 서양에는 우리말 '쌍꺼풀'에 해당하는 단어가 없습니다.* 왜냐하면 모든 사람이 쌍꺼풀을 가지고 있기 때문입니다. 두괄식도 마찬가지입니다. 서구 문화에서는 두괄식 글쓰기와 이를 중심으로 한 피라미드형 구조적 글쓰기가 기본적인 원칙입니다.

---

* Double-eyelid라는 표현을 관용어로 사용합니다.

5. 핵심 요약(Summarization)

핵심 요약을 중심으로 글을 써야 하는 이유는 앞의 다른 이유들과 같습니다. 불필요한 내용을 통해 시간과 전달력의 효율성을 떨어뜨리면 안 되기 때문입니다.

'핵심'이란 어떤 대상에서 그것이 빠지면 내용이 성립이 되지 않는 것을 말합니다. 조각에선 뼈대이고 건축에선 골조가 그런 역할을 합니다. '본질'도 같은 개념입니다.

예를 들어, 냉면의 핵심은 무엇일까요? 이 질문에 답을 하기 위해선 핵심이 아닌 것을 빼 보면 됩니다. 냉면의 핵심을 육수라고 할 수 있을까요? 사실 육수 없는 냉면도 있습니다. 비빔냉면이 있으니까요. 따라서 육수는 냉면의 핵심이 아닙니다. 그러면 면이 없는 냉면이 있다고 해 봅시다. 국물이나 양념만 나온 냉면을 냉면이라고 부를 수 있을까요? 불가능합니다. 즉, 냉면의 핵심은 면발입니다.

이렇듯 우리가 글을 쓸 때, 하고자 하는 말에서 가장 중요한 메시지가 핵심입니다. 극단적으로는 이 핵심을 제외한 나머지는 모두 핵심 문장을 설명하기 위한 보조적 역할이라고 보아도 됩니다. 이 비핵심 문장이 너무 많거나 연관성이 떨어지는 내용이라면 군더더기가 되는 것입니다.

좋은 글은 짧은 호흡으로 핵심만 명확하게 전달하는 글입니다. 그렇기에 '퇴고'라는 과정은 핵심이 아닌 군더더기를 제거하는 절차입니다. 더 명확한 표현과 더 짧은 표현을 향해 어휘와 문장을 다듬는 것이 핵심 중심의 요약입니다.

핵심을 요약하는 방법은 핵심을 정리한 뒤 "이 문장은 전체 문장의 내용을 포함하는가?"라고 질문해 보면 됩니다. 앞의 범주화에서 이름표를 붙이는 일과 일맥상통한다고 볼 수 있습니다. 상위 단계의 키워드는 하위 단계의 핵심을 요약하여 대표한 것입니다.

예를 들어 '달리기'와 '수영'의 공통분모는 '유산소운동'이고, '유산소운동'과 '근력운동'의 핵심은 '육체적 건강'입니다. 그리고 '육체적 건강'과 '정신적 건강'의 핵심은 '건강한 삶'을 위한 것으로 정리할 수 있습니다. 이처럼 앞에서 나온 개념들은 모두 서로 연관되어 있습니다.

상위 단계는 하위 단계의 내용을 포함

1단계	2단계	3단계	4단계
건강한 삶	육체적 건강	유산소운동	달리기, 수영
		근력운동	헬스, 크로스핏
	정신적 건강	명상	걷기명상, 호흡명상
		취미생활	독서, 음악 감상

6. 간결성(Conciseness)

간결성은 비즈니스 글쓰기의 기본 원칙 7개 중 하나이기도 하지만, 앞서 말씀드렸던 비즈니스 글쓰기의 대원칙인 '논리'와 '간결성' 중 하나일 정도로 핵심 개념입니다. 빠르고 정확하고 명확한 커뮤니케이션을 하기 위해서는 당연히 짧고 간결하게 커뮤니케이션을 할 수밖에 없습니다. 문장을 간결하게 쓰기 위해서는 어떻게 해야 할까요?

1) 형용사와 부사 제거

비즈니스 글쓰기에서 형용사와 부사를 사용하지 말아야 하는 이유는 이 두 품사가 객관성이 없는 측정 불가능한 주관적 표현이기 때문입니다. 업무 현장에서는 가급적 주관적 평가를 배제한 계량적 사실을 바탕으로 작성해야 합니다.

예1) K강사의 강의는 매우 만족스러웠다.
→ K강사의 강의는 평균 5점 만점에서 4.9점의 교육생 만족도가 나올 정도로 좋았다.

예2) 2중대 전 병력은 좌로 조금 이동해 주시기 바랍니다.
→ 2중대 전 병력은 좌로 3보 이동해 주시기 바랍니다. (1보에 60cm로 합의가 되어 있으므로 180cm 이동)

2) 모든 문장은 명사로 종결

비즈니스 글쓰기는 서술식 문장이 아닌 개조식 문장으로 작성하는 것이 기본입니다. 여기서 개조식이란 단문 형태로 짧게 끊어가며 중요한 요점이나 단어를 설명하는 방식을 말합니다.

> 예) 여기서 개조식이란 단문 형태로 짧게 끊어가며 중요한 요점이나 단어를 설명하는 방식을 말합니다.
> → 개조식: 단문 형태로 중요한 요점이나 단어를 설명하는 방식

위 예처럼 개조식으로 작성을 하다 보면 키워드를 중심으로 문장이 구성되기 때문에 '~이다', '~합니다', '~입니다.' 등과 같은 표현 대신에 모든 문장이 명사로 끝나서 더욱 간결한 표현이 됩니다.

3) 조사 제거

조사란 '체언이나 부사, 어미 따위에 붙어 그 말과 다른 말과의 문법적 관계를 표시하거나 그 말의 뜻을 도와주는 품사(표준국어대사전)'로써 '~을, ~를, ~이, ~가' 등을 말합니다.

조사를 아예 사용하지 않을 수는 없지만, 개조식 위주의 문장을 쓰다 보면 문장은 키워드(명사) 중심으로 전개됩니

다. 또한 놀랍게도 명사를 제외한 대부분의 품사를 제거해도 문장을 이해하는 데 큰 불편이 없습니다.

예1) 트럼프 대통령의 대한민국 방문을 진심으로 환영합니다.
→ 트럼프 대통령 대한민국 방문 환영.

예2) 10년 뒤인 2029년부터 한국의 여성 인구가 남성을 넘어설 전망이다.
→ 한국 여성 인구, 남성 넘어설 전망(2029)

4) 같은 의미라면 가장 짧은 단어로 사용

좋은 보고서를 쓰기 위해서는 줄일 수 있는 만큼 최대한 문장의 길이를 줄이는 훈련이 필요합니다. 앞에서 나온 사례들이 문장의 구조를 줄이는 방법이라면, 어휘는 대체할 수 있는 단어들 중에서 가장 짧은 것을 사용하는 것이 좋습니다.

예를 들어 네 글자로 된 단어보다는 두 글자로 된 단어가 독자의 피로도를 더 줄여 줍니다. 물론 무조건 짧다고 능사는 아닙니다. 예를 들어 사자성어 등 한자 표현을 쓰면 몇 글자는 줄일 수 있지만, 이해하기가 더 어려울 수 있겠지요. 그래서 어휘의 길이와 함께 명확성도 같이 고려해야 합니다.

예1) 한국 여성 인구, 남성 넘어설 전망(2029)

→ 한국 여성 인구, 남성 초월 예상(2029)

예2) 수익성은 낮으나 사회적 효용성이 높은 공공부분의 채용을 늘릴 예정

→ 수익성은 낮으나 사회적 효용성이 높은 공공부분의 채용 확대

5) 접속사 제거하고 단문으로 작성

문장과 문장을 이어 주는 역할을 하는 접속사는 '그리고', '그래서', '그러나' 등 여러 종류가 있습니다. 비즈니스 글쓰기에서 접속사를 제거해야 하는 이유는 단문으로 써야 전달이 용이하기 때문입니다. 복문으로 쓰면 한 문장에 두 가지 내용이 들어가므로 읽는 사람으로 하여금 해석의 단계를 거치느라 시간과 노력이 더 많이 필요합니다.

좋은 문장일수록 길이가 짧습니다. 비즈니스 글쓰기에서는 더욱 그러합니다. 간결한 글에는 힘이 있습니다. 중문이나 복문은 단문이 충분히 연습되어 자유자재로 쓸 수 있어도 어렵습니다. 특히나 개조식 문장을 쓰는 보고서의 경우에는 문장들이 각각의 항목으로 나눠질 수 있기 때문에 굳이 접속사로 이을 필요가 없습니다.

예) 좋은 문장일수록 길이가 짧습니다. 그리고 비즈니스 글쓰기에서는 더욱 그러합니다. 그래서 간결한 글에는 힘이 있

습니다.

→ 좋은 문장일수록 길이가 짧습니다. 비즈니스 글쓰기에서
는 더욱 그러합니다. 간결한 글에는 힘이 있습니다.

7. 직관성(Intuitiveness)

비즈니스 글쓰기를 할 때는 '어떻게 하면 독자가 더 쉽고
빠르게 이해할 수 있을까?'를 고민해야 합니다. 직관성을
높이는 방법에는 여러 가지가 있습니다.

첫째, 표와 그래프가 있습니다. 표와 그래프로 정리된 자
료는 문장으로 풀어 쓴 내용보다 훨씬 더 쉽고 직관적으로
이해할 수 있습니다. 역으로, 엑셀 도표로 만들어진 보고서
를 문장으로 풀어서 쓰려면 얼마나 많은 지면이 필요할까
요? 그만큼 수치로 된 정보를 표현하는 데는 표와 그래프가
매우 유용합니다.

최근 기업체를 대상으로 한 보고서 글쓰기 강의를 나가
보면 반드시 들어가는 내용이 '인포그래픽(Infographics)'입니
다. 표와 그래프를 넘어서 정보나 수치를 일러스트레이션
등 시각적으로 표현한 자료를 말합니다.

둘째, 사례가 있습니다. 어떤 주장을 할 때 그 케이스로
기존에 사용한 사례를 넣으면 훨씬 더 생생한 현장감을 줍
니다. 특히 기획서의 경우, 유사한 기획이 적용된 사례가

있는지가 의사 결정권자에게 중요한 관심 사항이므로, 그와 관련된 내용을 충분히 넣는다면 훨씬 더 설득력 있는 보고서가 될 것입니다.

셋째, 비유입니다. 어떤 주장을 할 때, 사전적 의미로만 설명을 하면 쉽게 이해가 되지 않습니다. 이럴 때 비슷한 구조의 메타포(Metaphor/은유, 비유)를 사용하면 그 사례가 살아 움직이며 받아들여집니다.

넷째, 인사이트입니다. 비즈니스의 언어는 수치이며 객관성이 가장 중요하다고 하였지만, 그렇다고 숫자로만 이루어진 보고서는 설득력을 갖추기 어렵습니다. 결국 그 보고서를 읽는 대상도 사람이고, 의사 결정권자는 숫자를 통해 도출된 '이면의 통찰'을 원하기 때문입니다. 그래서 기획서는 물론이거니와 요약 보고서에도 작성자의 관점이 들어가야 합니다. 현상을 요약하기만 한 보고서도 그 자체로 의미가 있지만, 더 좋은 보고서가 되기 위해서는 작성자의 인사이트가 반드시 필요합니다.

03

최소한의 이메일 작성법

이메일은 비즈니스 커뮤니케이션의 기본 수단입니다. 최근에는 메신저를 이용한 업무도 활발히 이루어지고 있는데 메신저와 메일은 목적 자체가 다릅니다. 이메일이 기본 업무 커뮤니케이션 수단으로 사용되는 이유는 다음과 같습니다.

첫째, 이메일은 업무 기록을 체계적으로 보관하고 관리할 수 있습니다. 이것이 메신저와 가장 큰 차이점이자 강점입니다. 업무용 메신저에도 보관 및 검색 기능이 있으나 이메일처럼 체계적으로 분류하고 확인할 수는 없습니다.

메신저는 기본적으로 휘발성이 있습니다. 너무 많은 커뮤니케이션이 이루어지고 있어서 소음도 많습니다. 기록을 보관하고 관리할 수 있다는 특징은 업무의 책임이 보장된다는 의미이기도 합니다. 실제로 기업 간에 분쟁이 일어났을 때, 이메일 기록이 중요한 증거로 채택되는 경우도 매우 많습니다. 그만큼 이메일은 소셜미디어 포스팅이나 메신저 대화와 다르게 법적인 권한이 높습니다.

지난 45대 미국 대통령 선거에서 민주당의 힐러리 클린턴이 이른바 '이메일 스캔들(Hillary Clinton email scandal)'로 곤욕을 치렀습니다. 미국 연방기록법은 공직자의 각종 서류나 편지는 물론이고 이메일도 모두 공공기록물로 분류하여 국가에서 보관하게 되어 있는데, 클린턴이 국무장관이었던 2009~2013년에 개인 이메일 서버를 이용하여 기밀문서를 주고받아 1년간 FBI의 조사를 받은 사건입니다. 이 스캔들은 실제 대선 캠페인에도 큰 이슈가 되어 그녀가 낙선하는 데에 적지 않은 영향을 끼쳤다고 평가를 받았습니다. 이처럼 이메일은 오늘날 문서와 동일한 효력을 갖습니다.

둘째, 이메일은 정리된 형태로 커뮤니케이션을 할 수 있습니다. 반대로 메신저나 대화를 통해 업무할 때 어떤 일이 일어나는지 살펴볼까요? 여러 개의 채팅창을 열어 놓고 수다 떨듯이 하는 대화에는 군더더기가 너무 많습니다. 이따금 급한 전파를 목적으로 사용되는 공지 채팅방이 있기는 하지만 이 역시 메일과 유선전화의 조합으로 대체될 수 있습니다. 쉴 새 없이 쏟아지는 채팅방의 대화를 보면 핵심이 무엇인지 파악하기가 어렵습니다. 핵심 내용과 무관한 대화가 너무 많아서 시간적 손실도 큽니다.

이메일의 경우 어느 정도 정리된 형태로 커뮤니케이션을 하기 때문에 대화의 밀도가 높습니다. 문서를 가지고 커뮤니케이션을 하는 경우보다 디테일한 논의는 가능합니다. 그러나 모든 대화를 문서로 할 수는 없으니 문서화할 필요가 없는 정보나 의사 결정 사항은 이메일로 충분히 가능합니다. 그런 이유로 보고서와 이메일이 업무 현장에서 가장 중요한 수단으로 사용됩니다.

셋째, 이메일은 유통 과정도 관리할 수 있습니다. 부서 인원 전체가 모인 채팅방에서 나누는 내용은 모두에게 필요한 공지도 있겠지만, 특정인들에게 국한된 내용이라면 타겟팅이 어렵습니다. 그렇다고 대화를 할 때마다 관련 사람들을 모아서 단체 채팅방을 만드는 것도 번거롭습니다. 이런 경우 이메일은 그 내용에 책임이 있는 사람과 권한이 있는 사람을 수신인(TO)과 참조(CC), 전달(FWD), 숨은 참조(BCC) 등의 다양한 계층으로 구분하여 관리할 수 있습니다. 또한 유통되는 이메일의 이력도 관리할 수 있다는 점이 큰 장점입니다.

이메일을 작성하는 것도 최소한의 법칙이 필요합니다. 이메일은 기본적으로 정보를 전달하기 위한 수단으로, 보다 효과적인 소통을 위해서는 규칙이 필요합니다. 비단 이메일뿐만 아니라 회의록, 보고서, 기획서, 제안서 등 모든 비즈니스 글쓰기에는 규칙이 있습니다. 심지어 메모에도 있습니다.

우리는 보통 규칙과 규정이 행정 단계를 복잡하게 만든다고 생각합니다. 하지만 그렇지 않습니다. 정해진 규칙(Protocol)으로 커뮤니케이션을 해야 혼란이 줄어듭니다. 예를 들어 자유롭게 달릴 수 있는 권리를 위해 도로에 신호등을 모두 없애자고 하면 어떻게 될까요? 모두가 신호등에 맞춰 교통 규칙을 지키며 운전해야, 모두가 가장 빨리 이동할 수 있는 것과 마찬가지입니다. 그래서 내용은 간결하게 쓰되 아무리 간결하게 쓰더라도 가장 효과적으로 전달할 수 있는 형식을 준수하는 것이 좋습니다.

비즈니스 이메일을 작성할 때 필요한 요소들과 체크 포인트는 다음과 같습니다.

비즈니스 이메일 작성시 꼭 지켜야 할 것	
이메일 주소 (Mail Address)	• 업무용 메일은 자신과 회사의 공적인 얼굴 • 개인과 회사 업무 자세의 신뢰도를 평가할 수 있는 부분임 • 개인 이름 혹은 직책이 가장 무난
메일 제목 (Title)	• 메일 제목으로도 본문의 내용을 유추할 수 있어야 함 • 검색이 가능한 키워드를 중심으로 배치 • 카테고리와 프로젝트를 괄호로 구분하면 효과적
수신인 (TO)	• 메일을 반드시 읽어야 하고 이에 대한 회신을 해야 하는 사람을 기재 • 지나치게 많은 수신인은 공지나 회람, 광고의 느낌을 줌 • N명의 수신인은 책임감을 1/N로 느끼게 함

참조 (CC)	• 복사본(Carbon Copy)이라는 뜻 • 책임 담당자가 아니더라도 메일의 내용을 참고하여 알고 있어야 하는 사람 • 업무의 진행 경과를 회람하기 위한 목적으로도 사용
숨은 참조 (BCC)	• 숨은 복사본(Blind Carbon Cop)이라는 뜻 • 참조를 받는 대상이 본인을 노출시키고 싶어하지 않는 경우 사용 • 수신인에게 참조인을 공개하고 싶지 않은 경우 • 참조인이 많으면 수신인에게 부담이 될 수 있음
전달 (Forwarding)	• 수신인이 본인에게 온 메일의 내용을 추가적으로 연결된 업무자에게 공유 • TO와 마찬가지로 업무의 책임을 가지고 있는 사람에게 사용 • CC, BCC, FWD는 업무의 단계를 늘려가는 것이므로 꼭 필요한 경우에만 사용
서명 (Signature/ Footer)	• 이름(영문명), 부서/직책, 회사, 주소, 메일 주소, 연락처 등을 표기 • 서명은 발신인을 신뢰할 수 있는 사람임을 보여줄 수 있는 중요한 부분

이메일 주소(Mail Address)

이메일 주소는 그 자체가 자신과 회사의 공적인 얼굴입니다. 그래서 업무 현장에서 회사 메일이 아닌 일반 메일을 사용하면 프로페셔널하게 보이지 않기에 회사의 공식 도메인을 메일로 사용하는 것이 기본적인 비즈니스 에티켓입니다. 몇몇 전문 온라인 서비스의 경우 회사 계정만을 통해 등록이 이루어지는 경우도 있듯이, 회사의 도메인은 곧 내가 회사를 대표하여 연락한다는 것과 같은 의미입니다.

그렇기에 이메일 주소는 최대한 공신력 있는 이름을 사용하는 것을 추천합니다. 개인의 개성을 살려서 재미있는 이름을 사용하는 경우도 더러 있습니다. 이건 기업 문화에 따라 다르겠지만, 자칫하면 나는 회사를 대표하여 단정한 정장 차림으로 미팅을 나갔는데 상대방은 핫팬츠에 슬리퍼를 신고 나온 것과 같은 기분이 들 수도 있습니다. 굉장히 중요한 업무 연락을 주고받는데 거래처 담당자의 메일 주소가 'hotsexygirl@company.com'이라면 어떨까요? 아무래도 'salesmanager@company.com'보다는 공신력이 떨어질 것입니다.

그래서 글로벌 스탠다드는 보통 이름이나 직책을 사용하는 경우가 가장 많습니다. gdkim@company.com, hschoi@company.com, michaeljordan@company.com 등처럼 실명을 사용하면 이메일 주소만으로도 명함을 주는 듯한 신뢰감을 줄 수 있습니다. 직책명을 사용하는 경우는 ceo@company.com, manager@company.com, cso.support@company.com 등으로 사용할 수 있습니다. 이 경우 장점은 상대방이 주소만으로도 담당자의 포지션과 업무를 파악할 수 있고, 담당자가 바뀌어도 기존 이메일 주소를 인수인계하여 사용할 수 있으므로 바꿀 필요가 없다는 점입니다.

메일 제목(Title)

앞에서 피라미드 구조의 글쓰기는 하위 단계의 속성들이 모여서 상위 단계가 된다고 말했습니다. 즉, 상위 단계의 키워드는 하위 단계를 모두 포함하고 있어야 합니다. 그렇다면 피라미드의 가장 꼭대기라 할 수 있는 제목은 어떠해야 할까요?

본문의 내용을 한 문장으로 함축하는 제목이 가장 좋은 제목이라고 할 수 있습니다. 보고서의 제목이나 제안서의 표지가 그러하듯이, 이메일의 제목 역시 제목만으로도 내용을 유추할 수 있어야 합니다. 특히나 이메일은 클릭을 해서 열어 봐야 내용을 볼 수 있기 때문에 제목만 보고도 내용이 파악되어야 수많은 메일 더미 속에서 읽을 가치가 있는 메일로 판단될 수 있습니다.

예를 들어 '9/25 임직원 엠티 기획안'이라는 제목은 타이틀만 보고도 9월 25일에 진행할 임직원 엠티의 기획안 내용이 담겨 있다는 것을 알 수 있습니다. 하지만 제목에 '총무팀 최효석입니다', '기획안 확인 부탁드립니다' 등으로 적으면 제목만으로 내용을 파악할 수 없기에 본문을 확인해야 하는 별도의 수고가 더 듭니다.

또한 메일 제목에서 중요한 것은 전체의 요약임과 동시에 핵심 키워드를 중심으로 써야 한다는 점입니다. 그 이유는 이메일을 많이 사용하다 보면 과거의 메일 내용을 검색

하게 되는 경우가 많은데, 제목에 그 키워드가 있어야 찾는데 더 수월하기 때문입니다. 나아가 제목에 대괄호를 사용하여 카테고리와 프로젝트를 구분하는 방식도 많이 사용됩니다. 예를 들어 다음과 같습니다.

제목: [긴급][디자인][ABC프로젝트] 주간 KPI 결산보고서
첨부

위 제목을 보면, [긴급]은 특별히 강조하기 위해 쓴 태그(Tag)이고, [디자인]은 담당 소속을 볼 수 있도록 기재한 것이며, [ABC프로젝트]는 이 메일이 무엇에 관한 용건인지를 밝힌 것입니다. 이런 식으로 제목을 달면 제목으로 내용을 파악하는 데 더 쉬울 뿐더러, 차후에 이메일을 검색할 때 더 쉽게 찾을 수 있는 태그(Tag)의 역할을 합니다.

수신인(To), 참조(CC), 숨은 참조(BCC)

수신인(To)은 이 메일을 반드시 읽어야 하고 이에 대해 회신을 해야 하는 사람을 기재합니다. 불필요한 사람들도 수신인으로 넣어 뿌리는 문화는 지양되어야 하지만, 일단 수신인으로 메일을 받으면 그에 대해 회신을 하는 것이 비즈니스 에티켓입니다.

간혹 지나치게 많은 사람들을 수신 목록에 넣어 보내면, 받는 사람은 이를 공지나 회람, 광고로 인식하기 때문에 남발하지 않는 것이 중요합니다. 개인적인 경험으로는 N명의 수신인에게 메일을 보내면 그 책임감도 1/N이 되는 경우가 더러 있습니다. 그렇기에 꼭 필요한 사람들에게만 보내야 합니다.

참조(CC)는 '복사본'을 뜻하는 'Carbon Copy'의 약자로, 꼭 회신을 해야 하는 책임 담당자가 아니더라도 메일의 내용을 참고하여 알고 있어야 할 때 사용합니다. 참조(CC)의 경우 보통 업무의 진행 경과를 회람하기 위한 목적으로 사용됩니다만, 이 역시 수신(To)과 마찬가지로 지나치게 많은 사람들에게 보내면 책임감이 나눠지는 경우가 있습니다. 꼭 회신이 필요한 사람은 수신인(To)에 넣고, 그 외 해당 내용을 알고 있어야 하는 사람은 참조(CC)에 넣되 그 인원을 최소한으로 하는 것이 좋습니다.

숨은 참조(BCC)는 'Blind Carbon Copy'로, 수신인에게 참조인을 공개하고 싶지 않은 경우나 참조를 받는 대상이 본인을 노출시키고 싶어하지 않는 경우에 사용합니다. 숨은 참조로 이름을 넣어 보내면 받는 사람은 메일의 내용을 볼 수 있지만 다른 수신인이나 참조인은 숨은 참조가 누구인지 알 수 없습니다. 보통 참조인이 많으면 수신인에게 부담이 되기도 하고, 불특정 다수에게 보내는 홍보성 메일의 경우 개인정보가 노출되는 우려가 있으므로 이때 숨은 참조를 적절히 사용하면 됩니다.

전달(Forwarding)

전달(Forwarding)은 수신, 참조, 숨은 참조 등을 통해 메일을 전달받은 사람이 본인에게 온 메일 내용을 다른 업무자에게 공유할 때 사용되는 기능입니다. 수신, 참조, 숨은 참조는 동시에 받지만, 전달은 원본이 공유된 이후에 추가로 연결이 됩니다.

전달은 수신인(To)과 참조(CC)와 마찬가지로 업무의 책임을 가지고 있는 사람에게 사용되며, 이를 받은 사람 역시 수신인 또는 참조인의 입장으로 조치를 해야 합니다. 참조(CC), 숨은 참조(BCC), 전달(FWD)은 업무의 단계를 늘려가는 것이므로 가급적 꼭 필요한 경우에만 사용합니다.

서명(Signature/Footer)

공식 이메일의 하단에는 이름, 부서, 직책, 회사, 주소, 메일 주소, 연락처 등의 정보를 기재한 서명을 넣습니다. 과거 종이 문서로 작성한 비즈니스 레터에서는 하단에 친필로 서명을 했습니다. 그 역할이 온라인에서 이루어지는 것으로 이해하면 됩니다.

　서명은 발신인이 신뢰할 수 있는 사람임을 보여 주는 중
요한 부분으로써, 보통 기업들은 통일된 서명 양식을 갖고
있습니다. 서명이 없거나 정보가 부정확한 경우 신뢰도에
영향을 미칠 수 있습니다.

비즈니스 이메일 쓰기 5단계

　이번에는 비즈니스 이메일의 작성 포인트를 간략히 짚고
가 보겠습니다. 비즈니스 이메일을 쓸 때는 'OFAC'를 기억
하면 됩니다.

　OFAC란 Opening-Focus-Action-Closing의 약자로써
각각 서문-포인트-행동-종결문으로 이해할 수 있습니다.
각각의 포인트와 이에 따른 예문은 아래와 같습니다.

단계	내용	예문
① 제목	[긴급][총무팀]워크숍 발표자료 제출 요청(~금)	
② Opening	이 메일을 왜 쓰는가?	안녕하세요? 총무팀의 최효석 과장입니다. 9월25일 진행되는 워크숍의 준비 진행 경과에 대해 말씀드리고자 합니다.
③ Focus	당신이 알아야 할 주제는 무엇인가?	워크숍 프로그램 중에 팀별 발표 시간이 있는데, 인사팀과 영업팀이 자료가 미제출되었습니다.

| ④ Action | 이를 위해 해야 할 일은 무엇인가? | 월말이라 업무 때문에 바쁘시겠지만, 이번 주 금요일까지 발표 자료를 보내 주시면 감사하겠습니다. |
| ⑤ Closing | 긍정적 마무리 | 바쁘신 일정 중에도 건강 유의하시기 바랍니다. 감사합니다. |

간략히 작성한 예문이지만 이메일 작성의 중요한 포인트는 지켜진 양식입니다. 부가 설명이 더 있어도 괜찮지만 이정도로도 핵심을 전달할 수 있습니다. 되레 군더더기가 더 생기지 않도록 간결하게 작성하는 것이 필요합니다.

이메일의 순서는 위와 같이 OFAC의 순으로 작성하지만, 전체 순서는 ⑴첨부파일 ⑵본문 ⑶제목 ⑷받는이의 순으로 씁니다.

우선 파일을 첨부할 경우에는 먼저 첨부하고 내용을 쓰는 습관을 갖는 것이 중요합니다. 첨부파일을 빠뜨리는 실수를 피하기 위해서죠. 파일을 첨부한 다음에는 OFAC의 순서에 맞추어 본문을 작성하고, 그 내용을 한 줄로 요약하여 제목을 씁니다. 내용이 완료되지 않은 상태에서 발송을 실수로 누르는 경우도 있으므로 받는 이의 주소는 마지막에 작성하고 발송하는 것이 좋습니다.

필자의 경험에 비추어 보았을 때, 이메일의 피드백 속도는 업무 능력을 가늠하는 잣대로 보아도 무방하다고 생각합니다. 답장 하나 보내는 데도 며칠이나 몇 주씩 걸리고, 회신을 안 하는 경우나 빼먹는 경우도 많이 봅니다. 그런가

하면, 밥 먹을 시간조차 없어 보이는 유명 기업의 임원이 아무리 바빠도 이틀 이내에 꼭 답장을 보내는 것을 보면서 감탄을 한 적이 있습니다.

메일을 보내는 입장에서는 답장이 빨리 와야 업무가 진행되기 때문에 빨리 처리될수록 좋습니다. 그렇기 때문에 이메일은 가급적 받는 즉시 처리하는 것이 가장 좋으며, 만약 바로 답장을 못하는 경우에는 언제까지 회신하겠다는 내용이라도 먼저 보내는 것이 비즈니스 에티켓입니다.

04

최소한의 회의록 작성법

회사에서 실무 업무를 제외하고 가장 많은 시간을 쓰는 것이 회의일 것입니다. 그만큼 중요한 활동인데 많은 직장인들이 지나치게 불필요한 회의로 업무에 지장이 있다고 하소연합니다. 시간을 많이 할애하는 회의이니만큼 그 시간과 노력이 성과로 이어지지 못해서 하는 이야기라고 생각됩니다.

회의의 결과는 반드시 회의록으로 작성하여 그 내용이 추적 관리되어야 합니다. 그런데 회의록 작성 그 자체가 부담인 직장인들도 많습니다. 하지만 '최소한의 회의록'은 절대 복잡하지 않습니다. 꼭 필요한 내용을 중심으로 MECE[*]

---

[*] Mutually Exclusive, Collectively Exhaustive의 머리글자입니다. 직역하면, '상호배제, 전체포괄'이라는 뜻으로 겹치지 않으면서 빠짐없이 나눈 것을 말합니다. 논리적 사고법의 기본 전제입니다.

하게 작성한다면 결코 복잡하지 않습니다.

MECE한 회의록이란 무엇일까요? 여기에는 어떤 내용이 들어가야 할까요? 회의의 뼈대는 (1)회의 내용과 (2)조치 항목입니다. 어떤 주제로 회의를 하였으며 이 안건을 어떻게 하기로 했다는 것이 회의의 핵심입니다. 이것이 명확하지 않은 회의는 성과가 없습니다.

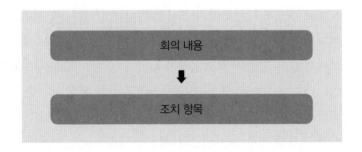

'회의 내용' 부분에서 중요한 것은 주요 안건을 요약하는 것입니다. 안건(Agenda)이 명확해야 결론이 명확하게 나옵니다. 그래서 회의 전에는 그날 논의해야 할 주제를 사전에 공유하여 순서를 정리하고, 참석자들이 관련 내용을 준비해 올 수 있도록 해야 합니다.

'조치 항목'에서 중요한 것은 디테일입니다. 단순히 '~을 하기로 했다.' 정도의 결론은 무의미합니다. 실무를 진행시키기 위해 또 다시 회의를 열어야 하는 결론 없는 회의나 마찬가지입니다.

이 항목은 실행 계획(Action Plan)에 관한 부분으로써 크게 세 가지 포인트가 있습니다. 바로 결정 사항, 책임자, 기한입니다. 결정 사항에는 회의 내용에서 나온 안건을 어떻게 할 것인지에 대한 세부 실행 계획이 나와야 합니다. 따라서 회의 내용1, 회의 내용2, 회의 내용3이 있다면, 이에 따른 실행 계획1, 실행 계획2, 실행 계획3이 대응되어 나와야 좋은 계획이라고 할 수 있습니다.

또한 책임자도 명확히 정해서 표기해야 합니다. 제 경험에 비추어 보았을 때, 담당자가 결정되고 권한과 책임이 부여되지 않은 결정 사항은 겉돌게 됩니다. 또한 기한도 필수입니다. 데드라인이 없는 결론은 지연되기 마련입니다. 즉, 회의에서는 이런 것들이 지표화되어 관리되어야 합니다. 예산 사업의 경우에는 얼마의 비용이 나갈지도 같이 협의해야 합니다.

회의록의 큰 뼈대인 '회의 내용'과 '조치 사항'을 제외한 나머지 주요 부분은 다음과 같습니다.

우선 회의에 참석하지 않은 사람도 회의 내용을 있는 그대로 회람할 수 있도록 회의의 정보를 객관적으로 표기해 주어야 합니다. 불필요한 내용까지 다 넣을 필요는 없습니다. '일시', '장소', '참석자'면 충분합니다. 또한 회의록에는 주요 내용과 조치 사항만 간결하게 넣되, 그 외에 참고할 만한 자료가 있다면 첨부 자료(Appendix)로 넣어서 같이 보내면 보충 설명이 가능합니다.

이상이 MECE한 회의록을 위해 필요한 필수 항목입니다. 이를 순서대로 도식화하면 다음과 같이 쓸 수 있습니다.

	회의록
일시	2019년 8월 2일 14:30~15:00
장소	본사 2층 F회의실
참석자	**참석자:** 김OO 팀장, 박OO 대리, 오OO 사원
회의 내용 요약	1. 신규 서비스 런칭을 위한 PR파트너 회사 컨택 2. 소셜 미디어 인플루언서를 통한 마케팅 계획
결정 사항 책임자 및 기한(Due)	1. 잠재 파트너 PR사 리스트업(박 대리, 금요일) 2. 주요 잠재 인플루언서 10명 개별 컨택(오 사원, 목요일) 3. 차주 활동 계획 수립(김 팀장, 금요일)

05

최소한의 보고서 작성법

'보고서'라는 이름만으로도 너무 많은 내용이 들어 있습니다. 참여정부 시절 대통령 비서실이 주축이 되어 만든 〈노무현 대통령비서실 보고서 품질향상 연구팀〉 TF에서는 공공 보고서의 품질 표준화를 위해 연구 프로젝트를 실시하였고, 거기서 나온 결과물을 책으로 출판한 것이 바로 '청와대 비서실의 보고서 작성법'이라는 부제가 붙은 『대통령 보고서』입니다.

이 책에서는 공공 보고서를 총 9가지로 분류하였는데, 그 내용은 다음과 같습니다.[*]

---

[*] 노무현 대통령비서실 보고서 품질향상 연구팀. 조미나, 『대통령 보고서』, 위즈덤하우스, 2007.

보고서 대분류	보고서 세부 분류(총 9가지)
정책 보고서	정책기획 보고서, 조정과제 보고서, 정책참고 보고서
상황, 정보 보고서	상황 보고서, 정보 보고서
회의 보고서	회의자료 보고서, 회의결과 보고서
행사 보고서	행사기획 보고서, 행사진행 보고서

일단 공공 보고서여서 그런지 일반 기업에 다니는 사람들이 보기에는 종류도 굉장히 복잡하고, 회사에서는 보기 힘든 정책과 관련된 보고서도 눈에 띕니다. 이렇게 다양한 종류의 보고서들도 크게 두 가지 줄기로 구분할 수 있습니다.

하나는 기존에 있는 내용을 정리하여 전달하는 보고서이고, 다른 하나는 기획자의 의견을 재료로 의사 결정권자를 설득하고자 하는 보고서입니다. 통상 전자를 '요약 보고서', 후자를 '기획 보고서'라고 부릅니다. 큰 틀에서는 둘 다 같은 보고서이지만 현업에서는 통칭하여 요약 보고서를 '보고서'라고 하고, 기획 보고서는 '기획서'라고 합니다. 기획서 역시 일반적으로 기업 내부에서 의사 결정을 위해 사용하는 문서를 말하며, 같은 내용이라도 외부의 파트너사나 잠재 고객사를 대상으로 나가는 문서는 '제안서'라고 합니다. 이와 같은 기준으로 다시 분류하면 다음과 같이 나눌 수 있습니다.

보고서	보고서 (요약 보고서)	상황 보고서, 정보 보고서, 참고 보고서, 회의 보고서, 행사진행 보고서 등
	기획서 (기획 보고서)	사업 기획서, 행사 기획서, 제안서 등

여기서 말하는 정보 전달을 목적으로 하는 요약 보고서에 대해 먼저 알아보겠습니다. 보고서의 핵심은 주어진 정보와 자료를 얼마나 쉽고 명확하고 빠르게 전달하느냐 하는 것입니다. 이를 위해서는 실용성(쉬운 표현), 정확성(바른 표현), 속도성(빠른 표현)이 핵심입니다.

쉬운 표현을 써야 하는 이유는 언어의 첫째 기능인 '전달'의 목적을 달성하기 위해서입니다. 바른 표현을 써야 하는 이유는 글쓴이의 목적을 완벽하게 전달하기 위해서입니다. 빠른 표현을 써야 하는 이유는 짧은 문장으로 의사소통을 빨리 해야 하기 때문입니다. 이 세 가지 원칙을 모두 지키는 유일한 방법은 '간결한 글'을 쓰는 것뿐입니다. 그 외에는 없습니다.

그렇다면 간결한 글은 어떤 형식의 옷을 입혀서 써야 할까요? 상황이나 정보를 전달하는 보고서는 당연히 신속성이 정확성에 우선합니다. 매일 쏟아지는 수많은 정보 속에서 독자인 의사 결정권자는 꼭 필요한 내용을 핵심만 빠르게 파악하고 싶어 합니다. 이것이 그들의 니즈(Needs)입니다. 그렇다면 그러한 목적을 중심으로 한 구성이 필요합니다.

요약 보고서의 순서

①제목 → ②개요 → ③본문 → ④결론

요약 보고서의 주요 순서는 제목, 개요, 본문, 결론입니다. 제목은 앞에서 강조한 바와 같이 제목만 보고도 보고서의 전체 내용을 파악할 수 있는 핵심을 압축하여 작성하는 것이 가장 중요합니다. 본문에서 언급하지 않은 내용이 들어가선 안 되고, 의미 전달에 지장이 없는 어휘는 생략해야 합니다.

개요는 제목 바로 아래에 위치한 첫 문장입니다. 제목에서 본문으로 시선이 내려온 독자에게 재빠르게 핵심 내용을 파악할 수 있도록 전체 본문을 요약하여 3~4문장 이내로 정리한 것을 말합니다. 이 역시 제목의 기능과 같으며, 제목이 전체 내용을 한 문장으로 요약한 것이라면, 개요는 부가 설명을 통해 제목의 핵심을 보충해 주는 개념으로 이해하면 됩니다.

예1) 2020 인터넷 마케팅 트렌드 보고서 요약

→ 2020, 인공지능을 이용한 마케팅 자동화가 대세

예2) 인사팀 가정의 날 행사 계획

→ 인사팀, 가정의 날 맞이 전 팀원 가족 동반 에버랜드 피크 닉 계획

바쁜 의사 결정권자를 위해 제목만으로 의도를 설명하고 제목과 개요만으로도 전체 내용을 파악할 수 있는 보고서가 좋은 보고서입니다. 그런 이유로 모든 공공 보고서에는 전체 본문의 맨 앞에 개요를 넣도록 되어 있습니다. 비단 워드로 작성된 공공 보고서가 아니라 슬라이드로 작성되는 기업의 보고서 첫 페이지에도 '전체 요약(Executive Summary)' 페이지가 들어가는 경우가 많은데 목적은 같습니다. 상황을 설명하는 보고서는 육하원칙에 따라, 내용을 설명하는 보고서는 주장과 근거를 뼈대로 작성합니다.

제목과 개요가 정리되면 보고서의 중심 내용인 본문을 작성합니다. 본문에는 정해진 형식이 있는 것은 아니지만 보통 배경, 현황 및 문제점, 관련 사항 등의 항목을 통해 간결하지만 최대한 MECE하게 작성하는 것이 필요합니다.

보고서는 앞에서 설명한 비즈니스 글쓰기의 원칙들이 모두 반영되어 독자의 수요에 맞게, 두괄식으로, 최대한 간결한 표현을 사용하여, 직관적으로 구조화하는 방법으로 구성해야 합니다. 보고서는 보통 1페이지를 넘기지 않는 것이

좋으며, 본문 역시 전체 내용의 2/3를 넘지 않도록 하는 것이 중요합니다.

마지막 결론에서는 본론에서 설명한 내용에 대한 평가혹은 대책, 의견, 참고사항 등을 작성합니다. 기존에 있는텍스트를 바탕으로 정리한 요약 보고서라 할지라도, 보고자의 의견이 들어가야 하나 왜곡이나 과장 없이 전달해야할 것입니다.

06

최소한의 기획서 작성법

기획은 '문제'를 '해결'하는 것입니다. 이것이 기획서의 기본 구조입니다. 여기서부터 기획자의 질문이 시작됩니다. '어떤 문제인가', '누구의 문제인가', '얼마나 중요한 문제인가', '어떻게 해결해야 하는가' 등등의 질문이 디테일하게 나오게 됩니다. 이 질문들이 정교화 되면서 최소 설정한 문제 가설의 해결책을 발견하는 것이 기획의 본질입니다.

기획
문제 → 해결

이 〈문제 → 해결〉 프로세스의 핵심은 '해결'이 아니라 '문제'입니다. 문제 설정이 올바르지 않으면 올바른 답이 나올 수 없기 때문입니다.

예를 들어, 어느 회사가 퇴근 후 직원들의 사생활을 존중하지 않아 사원급 직원들의 퇴사율이 매우 높다고 해 보겠습니다. 이를 보고 받은 회사 대표가 직원들이 회사 생활이 힘들어서 조기 퇴사를 한다고 생각하여, 그 해결책으로 부서별 회식을 늘리자고 하면 어떻게 될까요? 직원들은 퇴근 이후 회식 같은 모임 때문에 이직을 꿈꾸는데, 회사는 정반대의 해결책을 만들고 있지요. 이것이 문제 정의를 잘못한 사례입니다.

즉, 문제를 발견했을 때 이 문제의 원인이 무엇인지, 얼마나 문제인지를 객관적으로 파악해야 그에 대한 솔루션이 나올 수 있습니다. 문제1, 문제2, 문제3이 설정되어야, 그에 매칭되는 해결책1, 해결책2, 해결책3이 나올 수 있지요. 여기서 '얼마나 문제인가?'를 정의하는 것이 '현황'입니다. 그리고 '문제의 원인이 무엇인가?'를 정리하는 것이 '문제점' 또는 '원인'입니다.

기획의 단계	기획서의 항목
문제	현황 및 문제점

↓

해결	해결 방안

이런 이유로 기획서의 골격은 '현황 및 문제점' 그리고

'해결 방안'입니다. 이것이 기획서의 본론입니다. 그럼 서론
과 결론에는 어떤 내용이 들어가야 설득력 있는 기획서가
될까요? 수사학적으로 보았을 때, Why → How → What
의 순으로 설명해야 설득력이 있습니다.

우선 서론에서 'Why'를 이야기해야 하는 이유는 결론적
으로 기획서는 사람을 '설득'해야 하는 목적을 가지고 있기
때문입니다. 1장에서 언급한 사례와 같이 "김 대리, 오늘
야근을 좀 하고 토요일과 일요일에도 나와서 업무를 좀 처
리하고 가게."라는 지시가 아무런 설득력이 없는 이유는 왜
(Why) 야근과 특근을 해야 하는지 그 이유를 말하지 않았기
때문입니다.

TED의 유명 강사인 사이먼 사이넥(Simon Sinek)은 그
를 세계적인 명사로 만들어 준 강연 〈위대한 리더는 어떻
게 행동을 불어 넣는가(Start with why: How great leaders inspire
action)〉에서 소비자가 제품을 구매할 때는 제품의 특징이
아닌 그 브랜드의 철학이나 가치인 'Why'를 보고 선택한다
고 주장하여 큰 화제를 일으켰습니다. 그는 인간의 뇌도 그
가 '골든 서클(Golden Circle)'로 명명한 Why-How-What의
순서로 배열되어 있다고 말했는데, 이처럼 'Why'는 우리가
생각하는 이유를 만들어 준다는 점에서 중요합니다. 보통
보고서에서 서론인 Why를 담당하는 항목은 제목, 배경, 목
적 등이 있습니다. 이 항목들을 통해 작성자는 의사 결정권
자에게 '당신이 이 기획서를 읽어야 하는 이유'를 강력하게

어필해야 합니다.

위에서 말한 본론인 현황, 문제점, 해결 방안은 'How'에 해당합니다. Why에서 제기한 문제를 해결할 방안을 구체적이고 MECE하게 증명해야 합니다. 이 부분의 핵심은 논리성입니다. 구조적으로 상관관계가 명확하거나 데이터와 근거 사이에 빈틈이 없어야 합니다. 그렇지 않은 기획서는 단순한 구호에 불과합니다.

결론은 'What'입니다. 본론인 How에서 한 설명을 요약하면서 이를 통해 의사 결정권자가 알아야 할 것은 무엇인지, 결정해야 할 것은 무엇인지를 정리하는 과정입니다. 이 단계에서 사용되는 항목은 기대 효과, 조치 사항 등이 있습니다.

이것이 기획서의 기본 골격이며 이를 도식화하면 아래와 같습니다.

기획서의 기본: Why → How → What

서론	Why	이 기획은 왜 필요한가?	• 제목, 개요 • 배경 • 목적
본론	How	이 기획을 어떻게 구현할 것인가?	• 현황 • 문제점(원인) • 해결 방안
결론	What	당신이 알아야 할 것은 무엇인가?	• 기대 효과 • 조치 사항

기획서를 주고받는 사람 간에 배경이 공유되어 있는 상태이거나 요약 보고서의 경우에는 위의 형식에서 서론과 결론을 제외하고 본론 부분만 정리하여 1페이지 보고서의 형태로 작성하는 경우도 잦습니다. 그래도 뼈대는 남으니 핵심을 중심으로 설득할 수 있는 것입니다.

07

최소한의 제안서 작성법

제안서란 상대방을 설득하는 문서입니다. 일반적으로 판매나 파트너십을 목적으로 고객사나 협력사에 자사의 의견을 제안하는 문서를 제안서라고 합니다. 비즈니스 환경이 점점 더 복잡해지고 단독으로 하는 일보다 여러 이해 관계자들이 힘을 합쳐 프로젝트를 하는 경우가 점점 많아지는 요즘, 제안서의 중요도는 매우 큽니다.

필자가 현업에서 여러 제안서를 쓰거나 받아보면서 느끼는 가장 큰 문제점은 앞에서 이야기한 글쓰기의 기본 원칙이 지켜지지 않고 있다는 점입니다. 문장이나 표현, 슬라이드 디자인 등은 큰 문제가 아닙니다. 고객의 이익을 중심으로 생각하지 않고, 불필요한 내용이 지나치게 많으며, 설득할 수 있는 논리가 부족한 것이 문제입니다.

이번에도 목적 중심의 글쓰기를 한 번 생각해 보겠습니

다. 제안서의 목적은 무엇일까요? 당연히 상대방을 설득하여 제안의 목표를 받아들이도록 하는 것입니다. 그렇다면 제안서를 작성할 때 가장 중요한 것은 '상대방을 설득할 수 있는 논리'입니다. 여기서부터 생각을 시작해야 합니다.

그렇다면 어떻게 해야 상대방을 잘 설득할 수 있을지, 상대방을 잘 설득할 수 있는 논리 구성, 슬라이드 순서, 디자인, 문장 등을 중심으로 한 번 생각해 보겠습니다.

1. 제안 활동의 구조

제안 활동은 '제안 내용'을 통해 고객사의 현 상황(S1)을 원하는 결과(S2)로 이동시켜서 그것을 통해 발생된 이익(B)에 대한 비용을 받는 구조로 되어 있습니다. 여기서 중요한 것은 크게 네 가지입니다.

첫째, 제안 내용은 반드시 고객사의 변화를 수반해야 합니다. 제안을 받으나 안 받으나 그 차이가 크지 않을 경우엔 굳이 받아야 할 필요를 느끼지 못합니다. 그래서 제안 설계를 할 때에는 고객사의 현 상태(As-is)와 기대 효과(To-be)를 객관적으로 설명할 수 있는 것이 중요합니다. 현재 고객이 가지고 있는 문제가 무엇인지, 그리고 고객사가 도달해야 할 목표를 제시할 수 있어야 탁월한 제안입니다.

둘째, 제안의 결과(B; Benefit)가 명확해야 합니다. '좋아질 것'이라는 막연한 희망은 안 되고, 구체적으로 고객사의 어떤 문제를 어떻게 해결해서 얼마만큼의 이익을 낼 수 있을지를 이야기해야 합니다.

일반적으로 비즈니스 현장에서 기업이 가지고 있는 문제는 크게 비용, 품질, 시간입니다. 같은 일을 할 때 드는 비용을 줄이거나, 시간을 줄이거나, 아니면 같은 수고를 해도 품질이 좋아질 때 그 제안을 받아들입니다. 조금 더 들어가 보면 품질과 시간 이슈도 결국은 '생산성의 향상'과 그것을 통한 '수익 증대'가 궁극적 목표인 것을 알 수 있습니다. 즉, 이 제안을 통해 '얼마만큼의 비용을 줄일 수 있다.' 또는 '얼마만큼의 수익을 늘릴 수 있다.'가 제안의 핵심이 되어야 합니다.

셋째, 위의 논리가 탄탄해야만 제안의 비용을 설득할 수 있습니다. 어느 정도의 수익 증대가 일어날지 모르는 상황에서 비용이나 리소스를 투자하라는 것은 설득력이 없습니다.

넷째, 제안 내용을 통해 현재 상태를 목표 수준에 도달한다고 했을 때, 제안 내용이 논리적일 뿐만 아니라 제안사가 그 제안 내용을 수행할 수 있는 실력과 자격이 충분한지 어필해야 합니다. 아무리 좋은 내용을 제안해도 그것을 수행할 수 있을지 의구심이 있다면 꼭 그 업체와 함께할 필요가 없기 때문입니다.

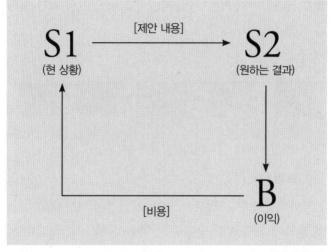

S1
(현 상황)

[제안 내용]

S2
(원하는 결과)

B
(이익)

[비용]

제안서의 구조

2. 제안 활동의 순서

제안서는 크게 구매자 분석, 제안 내용 설계, 세부 내용 조사, 제안서 작성, 제안 활동의 5단계로 진행됩니다. '제안서 작성'이라고 하면 슬라이드 문서를 작성하는 것만 생각하는 경우가 많이 있습니다. 하지만 앞에서 언급한 바와 같이 제안서를 작성하기 위해서는 탄탄한 조사가 선행되어야하며, 아무리 잘 만든 제안서가 있어도 그것을 잘 전달하고 관리하지 않으면 성과로 이어지기가 어렵습니다. 그래서 우리가 생각하는 제안서 작성은 전체 5단계 중에 4번째 단계에 불과하며 우리는 전체 제안의 그림 안에서 제안 활동을 이해해야 합니다.

| 구매자 분석 | ▶ | 제안 내용 설계 | ▶ | 세부 내용 조사 | ▶ | 제안서 작성 | ▶ | 제안 활동 |
| ① | | ② | | ③ | | ④ | | ⑤ |

1) 구매자 분석

제안의 기본은 고객의 니즈(Needs)를 분석하는 것입니다. 이 분석이 실제와 잘 맞을수록 제안 성공률이 올라갑니다. 실패하는 제안의 공통적인 특징은 고객이 필요하지 않은 제안을 한다는 점입니다. 마케팅에 대한 고민이 없는데 마케팅 제안을 하고, 협업이 필요하지 않은 일인데 협업 제안을 합니다. 배부른 사람에게 음식을 팔려고 하는데 팔리겠습니까? 이건 이미 실패해 놓고 시작하는 것과 다르지 않습니다. 이 사람이 지금 배가 고픈 건지, 쉬고 싶은 건지, 공부를 하고 싶은 건지 그 현 상황을 파악하는 것이 가장 첫번째입니다. 그러려면 앞에서 지속적으로 이야기하였던 '고객 중심의 사고'를 해야 합니다. 이 실패하는 제안은 하나같이 '고객이 원하는 것'이 아닌 '내가 팔고 싶은 것'을 어필하기 때문에 안 됩니다.

유능한 제안가는 고객 자신도 모르는 니즈(Unmet needs)를 발굴하여 제안합니다. 예를 들어 매우 날씬한 여성이 있습니다. 다들 그 사람이 군살이 없어서 건강할 거라고 생각하는데 알고 보면 영양소가 부족해서 건강이 안 좋을 수 있습니다. 반대로 매일 피트니스를 하는 근육질의 남성이 건강해 보이지만 실제로는 근육이 피로하고 내장 기관이 상해 있는 경우도 있습니다.

이처럼 잠재 고객이 가지고 있는 진짜 문제(Real Problem)를 발견하는 능력과 노력이 필요합니다. 하지만 이따금씩 고객에게 반드시 필요한 물건이 아님에도 상술로 판매하는 사람의 기술을 칭찬하는 경우가 있는데, 저는 이런 경우 직업인으로서 진정성에 반한다고 생각합니다. 세일즈 스킬은 고객의 이익에 부합할 때만 의미가 있습니다.

2) 제안 내용 설계

고객의 니즈를 파악한 다음에는 그 니즈에 맞춰 제안 내용을 어떻게 설계할 것인지 고민해야 합니다. 이 부분은 우리가 통념적으로 알고 있는 부분과 조금 차이가 있습니다. 보통 자신의 회사 제품이 시너지를 낼 수 있을 만한 잠재 고객이나 파트너사에 제안을 한다고 생각하지만, 고객 중심의 관점에서는 그들의 니즈를 먼저 파악한 후에 우리가 가진 자원으로 그 니즈를 해결해 줄 수 있는 방법을 찾아야 합니다.

이 단계에서는 구체적으로 작성하기보다 어떠한 흐름과 논리로 제안서를 진행할 것인지 전체적으로 프레임을 구성합니다. 이 설계를 제대로 하지 않으면 다음 단계에서 디테일하게 작업하더라도 통째로 바꿔야 하는 경우도 생기니 큰 틀을 제대로 잡는 것이 중요합니다.

3) 세부 내용 조사

제안서의 흐름이 결정되면 그다음으로는 디테일의 싸움입니다. 상대방을 설득하기 위한 가장 강력한 무기는 '논리'이며, 논리는 객관적인 수치를 통해서 가시화할 수 있습니다.

이 단계에서는 주장의 근거가 되는 각종 자료를 수집합니다. 연구 결과나 통계 조사가 있으면 좋고, 고객 분석과 같은 내용은 실제 리서치를 해 보는 것도 좋습니다. 가장 좋은 것은 고객사의 상황에 맞춘 시뮬레이션을 제안 내용에 넣는 것입니다. 즉 '도구'의 형태를 먼저 소개한 뒤, 데이터만 넣으면 작동 결과를 예측할 수 있는 제안서가 잘 만든 제안서입니다. 기계의 설계도와 실제 시뮬레이션으로 돌려 본 결과치 등이 있으면 보다 설득력이 있을 것입니다.

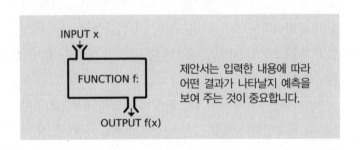

INPUT x

FUNCTION f:

OUTPUT f(x)

제안서는 입력한 내용에 따라 어떤 결과가 나타날지 예측을 보여 주는 것이 중요합니다.

세부 내용 조사에서 중요한 것은 두 가지입니다. 하나는 어떤 메커니즘으로 도구가 작동하는지와 잠재 고객의 추정 더미(dummy) 데이터를 예측하는 것입니다. 전자는 논리 구조로 설명해야 하는 부분이고, 후자는 마켓 리서치를 통해 추정해야 합니다. 언론 기사나 경쟁사 자료를 통해 파악할 수 있습니다. 이를 통해 설계한 프레임에 디테일이 준비되면 제안서 작성의 중요한 뼈대는 세워진 것이라고 할 수 있습니다.

4) 제안서 작성

먼저 재료를 준비해야 요리를 시작할 수 있듯, 프레임과 데이터가 준비되어야 제안서를 작성할 수 있습니다. 제안서 작성은 〈4. 제안서의 구조(97페이지)〉에서 구체적으로 서술하도록 하겠습니다.

5) 제안 활동

아무리 좋은 음식을 만들어도 서비스가 엉망이면 고객들은 등을 돌릴 것입니다. 마찬가지로 아무리 제안서를 잘 만들어도 그것을 잘 전달하지 못하면 성공률이 떨어질 수밖에 없습니다. 제 경험에 의하면 제안 활동이나 영업 활동은 그 내용보다도 담당자 간의 신뢰도가 성패에 영향을 미치는 경우가 많습니다. 전자 입찰이나 이메일을 통한 제안조차도 그것을 받는 담당자와의 신뢰 관계가 있는지에 따라서 결과가 달라지는 경우도 많습니다.

우선 제안 활동 그 자체의 MOT[*]관리와 그 이후의 추적 관리가 중요합니다. 제안 활동의 MOT는 제안서를 전달하는 그 시점입니다. 대부분은 이메일로 제안서를 보내고 전화로 연락하는 방식 또는 오프라인에서 만나 제안서를 건네며 설명하는 방식으로 진행됩니다.

온라인의 경우 담당자가 메일로 보낼 것을 요청해도 전송 후 문자나 전화로 내용을 보냈음을 설명하고 인사를 건네는 것이 기본적인 비즈니스 매너입니다. 또한 사람의 마음이라는 것이 글로 보는 것보다 목소리를 듣는 것, 목소리를 듣는 것보단 얼굴을 보고 말하는 것이 훨씬 더 가깝게 느껴지기 때문에, 설령 이메일로만 자료를 요청했다 하더라도 그것을 설명할 기회를 위한 후속 미팅이나 통화를 요청할 필요가 있습니다.

오프라인에서 만나 건네는 순간에는 세일즈 스킬이 포함되어야 합니다. TPO[**]에 맞는 복장이나 스타일을 갖추고, 적절한 커뮤니케이션 스킬로 신뢰와 호감을 느낄 수 있도록 잘 설득하여야 합니다. 앞에서 말한 바와 같이, 실제로

---

[*] Moment of Truth의 약자. 마케팅에서는 '결정적 순간'이라는 의미입니다. 제안 활동에서는 제안서를 담당자에게 전달하는 그 순간을 말합니다.

[**] Time(시간), Place(장소), Occasion(상황)의 약자. 커뮤니케이션에서는 이 셋을 주요 환경 변수로 고려해야 합니다.

이런 소프트 스킬(Soft skill)*이 제안 내용보다 우선되는 경우가 많이 있습니다. 따라서 제안 활동의 화룡정점인 TPO에 신경을 써야 합니다.

다음은 추적 관리입니다. 가장 많이 하는 실수가 고객에게 맞춤화(Customization)되지 않은 표준 제안서를 불특정 다수에게 뿌리고, 연락이 오기를 수동적으로 기다리기만 하는 것입니다. 이것은 영업을 확률에 의존하는 방식으로써, 그 결과를 예측할 수 없다는 점에서 가장 좋지 않은 방식입니다. 어떤 제안을 특정 거래처에만 하는 경우에도 지속적인 피드백 관리가 필요합니다. 하물며 여러 업체에 뿌린 제안서의 경우에는 그 이후의 커뮤니케이션 관리가 필수입니다. 언제 만났고, 전화는 몇 번 했고, 피드백은 어떻게 왔는지 등의 내용을 엑셀 시트에 정리하여 빈도 및 기간을 관리하는 것이 필요합니다. 또한 받은 피드백의 내용을 반영하여 제안서의 콘텐츠를 지속적으로 업데이트 하는 기회로 삼아야 합니다.

---

* 커뮤니케이션, 협상, 리더십과 같은 직무 외적인 기술을 의미함. 상대적으로 마케팅, 재무, 회계, 인사조직 등의 경영 전문 지식은 '하드 스킬(Hard skill)'이라고 합니다.

제안서 작성시 주요 내용

구분	주요 내용	제안서 항목
상황	고객사의 문제 또는 기회를 파악한 내용	배경
목표	해당 문제나 기회를 고려했을 때, 그것을 해결하거나 도달하기 위한 목표	목표/ 제안 내용
방법	그 목표를 달성하기 위해 사용할 방법	추진 계획
자격	제안사가 이 방법을 수행할 만한 자격	회사 소개
비용	해당 자격과 방법을 고려하였을 때, 이 제안을 수행하기 위한 비용	비용
이익	고객사가 얻을 이익 또는 가치	기대 효과

3. MECE한 제안서를 위해 들어가야 하는 내용

논리적으로 허점이 없으면서 군더더기도 없는 최적의 제안서를 만들기 위해선 꼭 필요한 내용만 들어가야 합니다. 제안서에서 꼭 필요한 뼈대는 상황, 목표, 방법, 자격, 비용, 이익입니다. 한 가지씩 살펴보겠습니다.

1) 상황

상황은 제안의 배경을 말합니다. 크게는 사회 · 경제적 상황에서부터 작게는 고객사 내부의 문제까지 본 제안에 영향을 미치는 외부 환경을 기술합니다. 거시 외부 환경 분석에는 PEST분석*과 같은 기법이 주로 쓰이며, 내부 분석은 구매자 분석 단계에서 조사한 고객 니즈 분석의 결과를 활용합니다. 제안 역시 '문제→해결'의 구조를 가지고 있기 때문에, '문제'에 해당하는 내용이 들어가야 합니다. 즉 외부 거시 환경 외에도 고객사가 가지고 있는 불편한 점(Pain Point**)을 놓고 이야기해야 합니다.

2) 목표

문제를 해결하였을 때 도달하게 될 것으로 기대되는 상황을 이야기합니다.

문제란 기본적으로 현재 상황과 목표 상황의 차이에서 발생하는 현상을 말하는 것으로, 그 차이를 어떻게 극복할 것인지에 관한 것입니다. 따라서 제안의 핵심은 이 차이(문제)를 어떻게 극복하고 어떤 수준으로 이동하여 이익을 얻을 수 있느냐 하는 것입니다.

---

* Political, Economic, Social, Technological의 약자로 외부에서 영향을 미치는 정치적, 경제적, 사회적, 기술적 거시 환경을 의미합니다.

** 의료적으로는 고통점을 의미하나, 사회과학 분야에서는 불편한 점, 단점, 문제의 핵심점 등을 의미합니다.

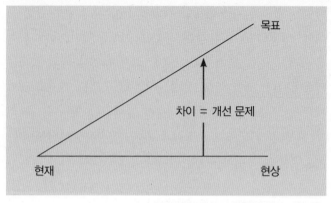

현재 상황과 목표 상황의 차이 = 문제점

목표를 설명하는 것 또한 가능한 구체적이고 가시적이어
야 합니다. 모호한 구호성 슬로건보다는 핵심지표(KPI)를
가지고 설명하는 것이 좋습니다.

예) 신입사원의 직무 만족도 증가
→ 입사 1년 이내 신입사원의 직무 만족도를 50% 이상 증가
시켜 1년 내 퇴사율을 31%에서 5%로 낮춤.

3) 방법

여기에는 현 시점에서 목표를 향해 가기 위한 방법을 설
명합니다. 제안사의 제품이나 서비스, 비즈니스 모델을 설
명하는 부분입니다. 결국 '우리 제품이나 서비스를 통해 당
신 회사의 문제를 해결할 수 있다.'라는 본론이 됩니다. 이

를 위해 고객의 상황에 맞춤화(Customization)해야 하며, 고객에게 다른 대안보다 우리가 제시하는 솔루션이 실현 가능성이 더 높을 거라는 확신을 줄 수 있어야 합니다.

많은 제안서들이 사실은 회사나 회사의 제품을 소개하는 정도에 그치는 경우가 많습니다. 그런 카탈로그 같은 제안서는 맞춤화가 되어 있지 않기 때문에 고객을 논리적으로 이해시키기가 어렵습니다. 그렇기에 문제→방법→해결의 흐름에 맞추어 설명하는 구조가 중요합니다.

4) 자격

고객사는 문제를 해결하는 방법의 선택지가 많을 때 다른 업체와 일을 진행하기도 합니다. 실제 현장에서는 특정 업체의 제안으로 획득한 솔루션을 다른 업체에다 실행해 달라고 하는 일이 비일비재합니다. 그렇기 때문에 단순히 비밀을 보호하는 장치를 넘어, 다른 경쟁사와 차별화된 우리만의 솔루션을 선택하도록 해야 합니다.

여기에 가장 영향을 많이 미치는 것은 고객사에 대한 신뢰도입니다. '이 회사에 믿고 맡길 수 있느냐.'가 핵심입니다. 그렇기 때문에 우리가 얼마나 믿을 수 있는 업체인지 제안서에서 어필하는 것이 중요합니다.

가장 일반적인 방법은 동일 솔루션에 대한 레퍼런스(과거 진행했던 사례나 이력)를 쓰는 것입니다. 기업은 효율성을 내는 것도 중요하지만 리스크를 줄이는 것이 일반적으로 더 중요합니다. 검증되지 않은 훌륭한 해결책보다는, 덜 훌륭해 보여도 이미 시장에서 검증된 도구를 사용하는 경우가 많습니다.

예를 들면, 국내에서 가장 큰 모 로펌은 다른 경쟁사에 비해 서너 배나 더 비싼 비용을 청구합니다. 그럼에도 대기업들은 중요한 분쟁이 생겼을 때 그 비싼 비용을 내고서라도 그 로펌에 의뢰를 합니다. 가격은 비싸지만 '이 회사에 맡기면 이긴다.'라는 확신이 있기 때문입니다. 그 확신의 원천은 과거 진행되었던 사례나 이력일 것입니다.

이처럼 이 부분에서는 단순히 기술적으로 어떻게 잘될 수 있는지를 넘어서 회사와 주요 임직원들의 경력을 통해 유사한 많은 실적과 경험이 있음을 어필하는 것이 중요합니다. 스타트업들이 많이 실수하는 부분이, 제안서나 회사 소개서를 만들 때 비즈니스와 크게 영향이 없는 백그라운드를 넣는다는 점입니다.

예를 들어 IT회사에서 개발자로 일하는데 직무와 상관없는 국토대장정이나 과대표를 한 대학 시절 이력은 오히려 쓰지 않는 것만 못합니다. 회사 차원에서는 유사한 솔루션이 아닌, 과거에 진행했던 다른 분야의 프로젝트(SI등)를 적는 경우가 많은데, 고객의 입장에서는 '이것저것 많이 해 봤네.'라고 생각할 뿐입니다. '이 분야에 전문성이 있네.'라고 생각하기는 어렵습니다. 그렇기 때문에 이 분야에서 얼마만큼의 신뢰성을 가지고 있는지를 적극적으로 어필해야 합니다.

5) 비용

고객이 계약을 결정하는 가장 중요한 변수는 현실적으로 비용 이슈일 것입니다. 예산에 맞춰 솔루션을 결정하는 경우도 많습니다. 100을 해결하고 100을 지불하는 것보다, 80을 해결하지만 70에 해 줄 수 있다고 하면 후자를 선택하는 경우가 많습니다.

그렇다고 무조건 저렴하게 하라는 말은 아닙니다. 적정 비용을 청구하되, 고객이 그 비용에 수긍할 수 있도록 설득하는 것이 중요합니다. 그러려면 앞에서 말한 현재 상황이나 기대 효과를 생생하고 설득력 있게 설명해야 가능합니다.

많은 회사의 제안서에 비용이 빠져 있는 경우가 흔히 있습니다. 맞춤화도 해야 하고 이런저런 이유로 제품에 대한 소개만 하고 비용은 상담을 통해 하는 경우입니다. 제 경험으로는 대략이나마 비용의 가이드라인을 제시하는 것이 좋습니다. 고객이 가장 알고 싶어하는 내용인데 그 내용이 없다면 뭔가 중요한 알맹이가 빠진 느낌이 들 것입니다.

예를 들어 지금은 법적으로 모든 식당 입구에 메뉴판을 설치하여 주문 전에 가격을 미리 볼 수 있도록 해 놓았습니다. 저도 가격을 사전에 알 수 있어서 편리하다는 생각을 종종 합니다. 음식에 대한 설명과 광고만 잔뜩 있고 가격에 대한 정보가 없다면 어떨까요? 가끔 인터넷 쇼핑을 할 때도 그런 제품이나 서비스들이 많습니다. 세부 비용 안내는 유선을 통해 확인할 수 있다고 하는데, 고객 입장에서는 구매 과정에서 한 단계가 더 추가되어 번거로운 기분이 듭니다.

물론 B2B 비즈니스의 경우에는 맞춤화나 수량에 따라 변동 폭이 큰 경우가 많아 일률적으로 비용을 책정하기가 어렵습니다. 그래도 대략적인 가이드라인이라도 적어 놓으면 고객이 제품을 선택할 때 가장 알고 싶은 '니즈'를 확인할 수 있다는 점에서 신뢰도를 높이는 수단이 됩니다.

6) 이익

제안서에서 가장 중요한 부분입니다. 극단적으로 말하자면 잠재 고객사에서 원하는 궁극적인 가치는 '이 제안을 통해서 우리 회사에 어떤 이익이 있는가.'입니다. 실무자라면 방법이나 비용이 궁금할 수 있겠지만, CEO 레벨에서는 궁극적으로 이 제안을 통해 재무적으로 어떤 이익이 있느냐가 핵심 질문이 됩니다. 따라서 제안사에서는 이 이익을 계량화해서 회사의 재무지표에 어떻게 기여할 수 있을지를 설득하는 것이 관건입니다.

> 예) 신입사원의 직무 만족도 증가
> → 입사 1년 이내 신입사원의 직무 만족도를 50% 이상 증가시켜 1년 내 퇴사율을 31%에서 5%로 낮춤. 이로 인해 낭

비되는 비용을 연간 8억 원에서 1억 원으로 줄일 수 있음. (7억 원을 절감할 수 있는데 7백만 원을 투자하지 못하겠습니까?)

제 경험으로는 이 부분을 얼마나 구체적으로 설득하느냐가 제안 성공의 핵심입니다. '목표-방법-이익'이라는 세 줄기로 나머지 항목들이 가지처럼 나와야 합니다.

지금까지 이해를 돕기 위해 설명했던 상황, 목표, 방법, 자격, 비용, 이익을 제안서의 형식에 맞추면 배경, 목표/제안 내용, 추진 계획, 회사 소개, 비용, 기대 효과로 바꿀 수 있습니다. 또한 이는 순서대로 정렬한 것이 아니기에 이 내용을 리서치한 후에는 제안서의 순서와 문법에 맞게 작성해야 합니다.

4. 제안서의 구조

제안서 역시 보고서와 마찬가지로 길게 쓸 필요가 없습니다. 읽는 시간이 오래 걸리는 것도 문제지만 호흡이 길어지면 지루해지고, 임팩트가 떨어지는 것도 큰 문제입니다. 그래서 일반적으로 슬라이드 형태로 작성한 비즈니스 제안서의 경우, 15~20페이지 정도가 일반적으로 많이 쓰입니다. 물론 공공 입찰이나 워드 형태의 제안서는 더 복잡한 경우가 많지만, 일반적인 B2B 제안서의 내용은 20페이지를 넘지 않는 것이 좋습니다.

그럼 앞에서 조사하였던 제안서의 줄기인 배경, 목표/제안 내용, 추진 계획, 회사 소개, 비용, 기대 효과를 먼저 재배열해 보겠습니다. 글쓰기의 기본 원칙에서 말한 바와 같이 글의 임팩트를 위해서는 역피라미드형 구조가 좋습니다. 광고나 마케팅 쪽에서는 스토리텔링 형식을 쓰기도 하지만 두괄식으로 사랑을 고백하는 것을 선호하는 사람이 많은 것처럼 제안서도 본론을 먼저 말하는 것을 더 선호합니다.

그럼 고객의 입장에서 위 항목 중에서 가장 알고 싶은 것은 무엇일까요? 저는 기대 효과(이익)라고 생각합니다. 결국 이 제안을 통해서 우리가 얻는 게 무엇인지, 바로 그것이 핵심이 되어야 한다고 생각합니다. 그다음으로는 그것을 어떻게 실행해야 할지가 나와야 하기 때문에 목표/제안 내용과 추진 계획이 있어야 합니다. 그다음으로는 앞의 본론을 수행하기 위한 회사 소개가 나와야 합니다.

여기서 고려해야 할 포인트가 몇 개 있습니다.

첫째, 비용은 고객사가 가장 궁금해하는 내용이지만 슬라이드에서는 본론의 가장 마지막인 회사 소개 다음에 넣는 것이 유리합니다. 내용을 충분히 모르는 상태에서 돈 이야기부터 하면 설득이 잘 안 되는 경우가 많습니다. 그래서 본론에서 제품을 대해 충분히 설명한 뒤에 비용을 납득할 수 있을 상황을 만든 후 오픈하는 것이 유리합니다.

다음으로는, 기대 효과가 가장 중요한 것은 사실인데 그것을 이해시키기 위한 수단으로 배경이 앞에 나와 주는 것이 좋습니다. 보고서를 쓸 때, Why를 먼저 말하고 그다음에 How를 이야기하는 것과 같은 맥락입니다. 데이트도 하지 않았는데 갑자기 맘에 든다고 고백하는 것은 두괄식이 아니라 성급한 것에 불과합니다. 우리가 왜 이 제안을 하는지 이해를 구하고 그다음에 결론을 이야기하는 것이 타당합니다.

둘째, 이렇게 본론을 먼저 배치하고 나면 그다음으로는 전체 내용을 요약한 페이지를 앞에 넣어 줍니다. 영어로 Executive Summary라고 하며 보고서에서 '개요'와 같은 역할을 합니다. 바쁜 사람들을 위해 전체 내용을 한 페이지로 정리하여 그 페이지만 보고도 제안서의 핵심을 확인할 수 있도록 합니다.

이렇게 두 가지 페이지를 참고하여 슬라이드 순서를 배치하고 맨 앞 장에는 커버를, 맨 뒷장에는 연락처를 넣은 커버를 넣으면 전체 제안서의 흐름이 완성됩니다. 순서와 핵심 포인트는 다음과 같습니다.

제안서 작성시 중요 포인트

페이지	슬라이드 제목	작성시 포인트
1	커버 (Cover)	– 신뢰를 줄 수 있는 커버 디자인 – 고객사 브랜드 아이덴티티(BI) 참조

2	제안 내용 요약
	(Executive
	Summary)
		– ③~⑥까지 내용을 한 장의 슬라이드
		  에 요약
		– 이 페이지만으로도 전체 내용을 이해
		  할 수 있도록 함

3	배경 (Background)	– 고객사의 문제 파악 및 상황 분석 – 내부 역량 분석 및 외부 환경 분석/경 쟁사 분석
4	기대효과 (Benefits)	– 문제를 해결하여 고객사가 얻게 되는 이익 – 재무적 이익
5	목표/제안 내용 (Solution)	– 고객사의 문제를 해결하기 위한 방법 – 이 제안을 통해 해결하고자 하는 문제
6	추진 계획 (Plan/Schedule)	– 제안을 이행하기 위한 일정
7	회사 소개 (Company profile)	– 왜 우리 회사가 이 제안을 하기에 최 적의 업체인가
8	비용 (Price)	– 제안 실행을 위해 고객사가 지불해야 하는 것(금전/비금전) – 전체 비용에 대한 세부 내용
9	연락처 (Contact)	– 담당자 연락처 – 기타 추가 정보

08

최소한의 보도자료 작성법

보도자료(Press release)란 기업이나 단체에서 기사화를 목적으로 기자에게 전달되는 자료를 말합니다. 보통 홍보 담당자나 PR담당자가 기사화를 목적으로 기자에게 기삿거리를 제공하기 위해 정리하는 문서나 자료를 통칭합니다.

전통적인 방식의 홍보 수단이지만 소셜 미디어 시대인 오늘날에도 중요성은 유효합니다. 인쇄 매체는 수가 줄었으나 전통적인 미디어들이 디지털로 바뀌었을 뿐, 업의 본질 자체가 바뀐 것은 아니기 때문입니다. 더욱이 뉴미디어 시대가 되어 미디어 비즈니스의 문턱이 낮아지면서 다양한 군소 미디어 회사들이 증가하게 된 것은 그만큼 홍보의 수단이 더 다양해졌다는 것을 의미합니다.

따라서 비즈니스에 있어서 언론과의 커뮤니케이션은 그 영향이 커지고 있으며, 언론을 활용한 홍보는 여전히 중요합니다. 특히나 잘 쓴 기사 하나는 그 가치를 환산할 수 없을 정도의 파급 효과를 가지고 있으며, 유료 배포 서비스가 있기는 하지만 잘 쓴 보도자료 덕분에 기사화가 되었다면 이건 홍보 비용 없이 홍보 효과를 보는 것이기 때문에 스타트업처럼 규모가 작은 조직에서는 여전히 효과적인 방법입니다.

하지만 이런 이유로 거의 모든 기업에서는 언론 커뮤니케이션을 가장 기본적인 홍보 수단으로 사용하고 있으며, 기자들의 메일함에는 매일 아침 수백 개의 보도자료가 도착해 있습니다. 그렇다면 여기서 핵심은 그 수백 개의 보도자료 중에서 기자가 기사화를 하고 싶은 정보를 만들어 제공하는 것입니다. 우선은 내용을 읽기 전에 제목만으로 평가를 받아야 하고, 제목을 보고 호기심이 들어야 클릭을 합니다. 클릭을 했다고 하더라도 내용에 흥미를 느껴야 창을 닫지 않고 끝까지 집중해서 읽습니다.

그러므로 제안서는 처음부터 끝까지 독자는 물론이거니와 이를 게이트키핑(Gate keeping)*하는 기자에게도 확실한 매력을 느끼게 만들어야 합니다. 여기서 말하는 매력이란 '읽을 가치가 있는 기사'를 말합니다.

---

* 편집자나 기자 등 미디어 조직의 뉴스 결정권자가 기사화할 뉴스를 취사선택하는 것.

1. 보도자료를 잘 쓰는 요령

국내 최대의 보도자료 배포 서비스 회사인 뉴스와이어는 자사 홈페이지에서 '보도자료를 잘 쓰는 요령*'으로 12가지 포인트를 강조하였습니다. 그중에서 앞서 설명드린 글쓰기 기본 원칙과 중복되는 내용을 제외하고 가장 중요한 9가지를 간추려 설명하고자 합니다.

보도자료 잘 쓰는 요령	
1	뉴스 가치가 느껴져야
2	정직하게 객관적으로 써야
3	간결하게 써야
4	말하듯이 쉽게 써야
5	핵심을 명확히 해야
6	중요한 것을 앞에 넣어야
7	인용문을 넣어야
8	키워드를 넣어야
9	고치고 또 고쳐야

* http://www.newswire.co.kr

1) 뉴스 가치가 느껴져야

앞에서 언급한 '고객 중심의 글쓰기'의 원칙은 당연히 보도자료에도 적용됩니다. 우리가 작성하는 보도자료의 1차 고객은 기자이고, 2차 고객은 독자입니다. 이들의 니즈는 무엇일까요?

기자의 니즈는 '기삿거리가 되어서 화제가 될 만한 기사' 즉 '사람들이 많이 읽을 기사'입니다. 독자는 '읽어 보고 싶은 기사', 즉 '클릭을 하고 싶은 기사'를 필요로 합니다.

이를 종합하면 보도자료는 결국 독자가 읽고 싶어야 기사로써의 가치를 얻을 수 있습니다. 하지만 다른 비즈니스 글쓰기와 마찬가지로 실패하는 대부분의 보도자료는 '고객 중심'이 아닌 '우리 회사가 알리고 싶은 홍보'를 중심으로 하기 때문에 선택이 되지 않습니다.

또한 유사 기사가 없고, 독자에게 명확한 이점을 전해 주어야 하며, 가능한 구체적이고 신속한 정보를 담고 있어야 합니다. 그런 기사가 바로 가치 있는 기사입니다.

2) 정직하게 객관적으로 써야

운이 좋게 허위나 과장으로 쓴 기사가 미디어에 노출되었다고 해 봅시다. 자극적인 제목이나 속칭 '낚시성' 기사는 순간 조회 수는 높일 수 있습니다. 하지만 그렇게 잃은 신뢰는 웬만해선 다시 회복하기가 쉽지 않습니다. 기사는 기본적으로 정직과 신뢰를 바탕으로 하고 있으며 비단 기사

뿐만 아니라 비즈니스 그 자체도 이것이 생명입니다. 그렇기에 3인칭의 관점에서 최대한 객관적으로 사실을 중심으로 작성해야 합니다.

3) 간결하게 써야

간결성은 모든 비즈니스 글쓰기의 기본 원칙입니다. 신속성이 중요한 언론 기사의 경우 더더욱 필요한 핵심만 빠르게 전해야 합니다. 꼭 필요한 주제와 본론을 중심으로 전하고, 제목도 20자 이내로 포인트만 짚고 군더더기는 모조리 빼야 합니다.

4) 말하듯이 쉽게 써야

어려운 표현은 '해석'이라는 단계를 한 번 더 거쳐야 하기 때문에 시간도 오래 걸리고 명확성도 떨어집니다. 일반인들도 보는 기사이기 때문에 외래어나 전문 용어는 최대한 빼고 쉽게 작성해야 합니다.

5) 핵심을 명확히 해야

보도자료는 그 목적이 명확해야 합니다. 사설이나 의견도 그러하지만 보도자료는 주장하는 글이 아니라 정보를 전달하는 글입니다. 그렇기에 어떤 내용이 어떻게 되었는지 핵심적으로 전달해야 합니다. 핵심에서 벗어난 내용은 모두 군더더기입니다. 그 점을 명심하고 앞에서 말한 글쓰기 기본 원칙을 곱씹으며 작성해야 합니다.

6) 중요한 것을 앞에 넣어야

보도자료가 길면 기자는 뒤에서부터 자릅니다. 그리고 독자는 앞부분만 읽습니다. 불필요한 내용을 빼는 것이 중요하지만, 담고 있는 내용 역시 역피라미드형으로 구성해야 합니다.

7) 인용문을 넣어야

보도자료의 표준 형식에는 인용이 들어가게 되어 있습니다. 다른 사람의 입을 빌려 이야기하는 것이 직접 말하는 것보다 독자들에게 더욱 신뢰를 줄 수 있습니다. 특히 주관적인 생각이나 주장은 따옴표를 사용하여 인용자의 이름과 함께 넣으면 더욱 생생한 기사가 될 수 있습니다.

8) 키워드를 넣어야

온라인으로 기사를 검색해서 보는 시대인 만큼, 검색이 되는 기사를 만들기 위해서는 특정 키워드를 중심으로 제목과 내용을 구성해야 합니다. 이 기사에서 강조해야 할 키워드를 전략적으로 고민하여 릴리스(Release)를 해야 차후 포털이나 검색 엔진에서 노출이 유리합니다.

9) 고치고 또 고쳐야

어떤 종류의 글이든 퇴고가 초고보다 몇 배는 더 중요합니다. 한 번 쓴 기사가 맘에 들 수는 없습니다. 한 번에 좋은 글을 쓰려고 고민하느라 시간을 보내는 것보다, 초안을 빨리 쓰되 수정을 여러 번 해서 완성하는 것이 좋은 전략입니다. 퇴고를 많이 할수록 훨씬 더 완성도 있는 기사가 될 것입니다.

2. 보도자료의 형식

보도자료 역시 3단 구성의 순서로 진행됩니다. 다른 글쓰기와 차이점은 앞부분을 담당하는 제목과 첫 문장(리드)의 중요성이 어떤 글쓰기보다 중요하다는 점입니다. 보도자료의 구성은 아래와 같습니다.

보도자료 작성시 핵심 포인트

단계	주요 내용	핵심 포인트
설득 (Why)	• 주제목 • 부제목 • 리드 (Lead)	– 가장 중요한 내용을 뽑습니다. – 독자의 흥미를 끌 수 있는 문장을 씁니다. – 전체 내용의 핵심을 담습니다.
설명 (How)	• 본문1 • 본문2 • 본문3	– 리드에 나온 내용에 대한 부연 설명을 합니다. – 역피라미드 구조로 중요도에 따라 배치합니다. – 논리, 통계, 근거 등을 포함합니다.

결정 (What)	• 인용 (Quote)*	– 관계자나 전문가의 말을 직접 인용합니다. – 실명을 반드시 밝혀서 객관성을 유지합니다.
기타	• 첨부 자료	– 기자가 추가로 알아야 할 자료(사진, 이미지, 영상 등)를 씁니다. – 담당자의 연락처 등을 씁니다.

이와 같이 주제목-부제목-리드-본문-인용-첨부 자료의 순으로 작성을 합니다. 다음 예제 보도 자료를 같이 보면서 어떤 순서로 쓰는지, 어떤 장단점이 있는지 같이 살펴보겠습니다.

기사 본문	항목
'신개념 방치형 RPG' 최소한의 기사도 for Akao, 8일 정식 오픈	제목
'최소한의 기사도 for Akao' 8일 안드로이드, iOS 양대 마켓 동시 오픈 새로운 개념의 플레이와 높은 수준의 디자인으로 베타 단계 에서 이미 많은 팬들의 호평 정식 오픈 기념 다양한 이벤트도 함께 공개	부제목
부산— 2019년 10월 8일 — 모바일 게임 개발사 심게임즈 (대표 최효석)가 자사에서 개발한 신개념 방치형 RPG '최소 한의 기사도 for Akao'를 안드로이드와 iOS 양대 마켓을 통 해 정식 오픈했다고 8일 밝혔다.	리드

* Quote는 '인용하다'라는 뜻으로, '인용'을 명사로 쓸 때는 'Quotation'이라 해야 하는데 업계에서는 통상 '쿼트'를 일반명사처럼 사용합니다.

신개념 방치형 RPG를 표방하는 '최소한의 기사도 for Akao'는 마왕에게 잡힌 공주를 구하기 위한 기사단의 모험을 다룬 게임으로써, 풍부한 스토리와 개성 있는 캐릭터, 다채로운 이벤트와 함께 최소한의 노력으로 레벨업이 가능한 방치형 플레이가 특징인 새로운 콘셉트의 게임이다.

본문1

'최소한의 기사도 for Akao'는 이러한 독특한 차별성으로 인해 1만 명에 달하는 베타 테스터들의 높은 평가와 피드백을 받았으며, 입소문만으로 사전 등록 20만 명이라는 국내에선 보기 드문 높은 기대와 관심을 받고 있다.

본문2

심게임즈 최효석 대표는 "베타 테스트 기간 동안 보여 준 유저들의 높은 관심에 감사드리며, 정식 출시에는 피드백을 반영한 업데이트와 더불어 감사의 마음을 담은 다양한 이벤트도 실시하겠다."고 밝혔다.

인용

〈심게임즈 소개〉

첨부

심게임즈는 2019년 설립된 게임 전문 개발사이자 IT기업으로써, 많은 경험을 갖고 있는 모기업의 투자와 기획 전문가인 현 대표의 합자로 만든 기업이다. 일반적인 게임의 문법에서 벗어나 새로운 콘셉트의 시도를 많이 하고 있으며, 프로게이머 출신의 개발자와 일러스트레이터 출신의 디자이너 등 다양한 융합형 인재들이 모여 창의적이고 실험적인 시도를 지향하고 있다. 그 결과 2019년 중소기업청이 주관한 게임 콘텐츠 경진대회에서 대상을 수상하는 등 업계에서 주목을 받고 있다.

- 최소한의 기사도 for Kakao 구글플레이 다운로드:
  http://play.google.com/store/apps/minimalknight

1) 제목

제목에 넣은 20자 내외의 한 문장만으로도 주제를 파악하고 흥미를 유도할 수 있어야 합니다. 그만큼 기사에서는 제목이 핵심입니다. 특히 종이 신문처럼 제목과 본문이 같이 있는 기사가 아니라, 제목을 클릭해야 기사가 나오는 오늘날의 온라인 기사에서는 제목이 곧 독자의 클릭으로 연결되기 때문에 가장 중요합니다.

위 기사를 보면 '최소한의 기사도 for Akao'란 게임이 8일에 정식으로 오픈된다는 것을 알 수 있습니다. 직관적으로 핵심을 설명한 제목입니다. 다만 여기에 추가하여 '신개념 방치형 RPG'라는 내용을 넣어 독자들의 흥미를 유발합니다. '도대체 어떤 게임이기에 신개념일까?', '대부분의 RPG는 다 비슷하던데 무엇이 다를까?'라는 생각을 하게 만듭니다. 그런 관점에서 이 제목은 흥미를 유발하게 하고 핵심을 잘 담았다고 할 수 있습니다.

2) 부제목

과거 기사에서는 제목에 담지 못한 추가 내용을 부제목으로 한 줄 달았습니다. 최근 온라인 기사를 보면, 제목 바로 아래 붙는 부제는 내용을 담고 있으면서 일종의 개요의 성격도 띄고 있습니다. 그래서 3~4줄 정도로 요약하는 경우도 있습니다. 이는 보고서 작성시 제목 아래 붙는 개요와 같은 맥락으로써, 보다 빠르게 내용을 훑어볼 수 있도록 하기 위함입니다.

위 기사에서 부제목은 크게 세 개의 문장으로 되어 있습니다. 첫 번째는 제목에 있는 '정식 오픈'이 어떻게 구체적으로 오픈되는지에 관해, 두 번째는 베타 테스트 결과 유저들의 호평을 받았다는 점, 세 번째는 오픈을 기념하여 독자들의 참여를 유도하는 이벤트 메시지로 되어 있습니다.

3) 리드

리드는 기사의 주제입니다. 리드의 내용을 요약한 것이 제목이고, 리드의 내용을 보충 설명한 것이 본문입니다. 위 기사의 리드는 다음과 같습니다.

> 모바일 게임 개발사 심게임즈(대표 최효석)가 자사에서 개발한 신개념 방치형 RPG '최소한의 기사도 for Akao'를 안드로이드와 iOS 양대 마켓을 통해 정식 오픈했다고 8일 밝혔다.

더 넣을 것도 뺄 것도 없이 본 보도자료의 주제를 한 문장으로 정리했습니다. 육하원칙에 따라 핵심만 넣었습니다. 여기서도 핵심만 남겨 요약한 제목이 '신개념 방치형 RPG 최소한의 기사도 for Akao, 8일 정식 오픈 실시'가 되었습니다. 여기에 흥미를 유발할 수 있는 표현이 들어가면 더 좋습니다.

4) 본문

위 기사에서는 리드를 설명하는 본문이 크게 두 문단으로 이루어져 있습니다. 본문1은 리드에서 말한 '최소한의 기사도 for Akao' 게임이 어떤 특징을 가지고 있는지 말하고 있으며, 본문2는 본문1에서 말한 특징을 통해 그동안 진행된 클로즈 베타 테스트에서 유저들에게 많은 호평을 받았다는 사실을 말하고 있습니다.

5) 인용

사람들은 당사자에게 직접 의견을 듣는 것보다, 다른 사람의 입을 통해서 듣게 될 때 더 신뢰하는 경향이 있습니다. 보도자료도 회사가 직접 말하는 것이 아닌, 언론사의 입을 통해 말하는 것도 같은 목적이라고 할 수 있습니다. 따라서 보도자료에는 보통 제3자의 말을 직접 인용하는 것이 좋습니다. 물론 보도자료를 작성하는 입장에서는 아무 의견이나 인용을 하는 것이 아니라, 자사가 강조하고 싶은 내용을 제3자의 입을 통해 강조합니다. (위 예문에서는 담당자의 인터뷰를 인용하였습니다.)

인용시 중요한 점은 첫째, 보도자료에서 강조하고 싶은 포인트여야 한다는 점입니다. 형식적이고 의미 없는 멘트는 굳이 인용을 할 필요가 없습니다. 둘째, 발언의 화자를 반드시 실명으로 밝히고 큰따옴표에 넣어 직접 인용을 해야 합니다. 그래야만 발언의 신뢰도가 담보됩니다. 몇몇 인터넷 기사를 보면 "한편 네티즌들은 ~라고 반응했다."라는 식의 표현이 더러 나오는데, 실제 존재하는 사람인지 기자가 만든 가상의 인물인지 알 수 없기 때문에 신뢰도가 떨어지니 이를 주의해야겠습니다.

6) 첨부

본문에 들어가지 않았으나 참고해야 할 내용은 모두 첨부에 넣습니다. 위 기사에서는 회사 소개를 넣었습니다. 담당자 연락처가 추가되어도 좋고, 게임의 스크린샷 등을 넣어도 됩니다. 덧붙여 기사를 읽은 독자들이 게임을 직접 체험할 수 있도록 다운로드 링크를 걸어 놓은 것도 인터넷 기사의 강점을 활용한 좋은 아이디어입니다.

함께 일하는 사람들과의 커뮤니케이션

학습(學習, Learning)이라는 말은 '배울 학(學)'자와 '익힐 습(習)' 자가 합쳐진 말로, '배우고 익힌다.'라는 의미입니다. 저는 이것이 교육(Education)과 훈련(Training)의 차이라고 생각합니다. 어떤 지식을 배울 때는 그 내용을 접하고 반복해서 숙달하여 내재화까지 해야 온전한 자신의 도구가 될 수 있습니다.

이 책을 통해 저는 독자 여러분들께 '학(學)'을 알려드렸습니다. 앞으로 여러분들은 이 책을 가지고 업무 현장에서 '습(習)'을 하셔야 합니다. 이 책의 내용은 제가 기업체와 공공기관에서 진행하는 〈비즈니스 글쓰기〉, 〈보고서/기획서 작성법〉 등의 강의 내용을 정리하여 쓴 것입니다. 보통 4시간에서 8시간으로 구성되지만, 16시간(2일)이나 24시간(3

일)으로 진행되는 경우도 더러 있습니다. 시간이 늘어난다고 내용이 달라지지는 않습니다. 거의 같은 교안으로 4시간 ~24시간을 진행합니다. 다른 점은 4시간 강의에는 '학(學)'만 있습니다. 이때는 내용만 설명하여 간신히 빠듯하게 마칩니다. 8시간 강의에서는 내용과 더불어 실습을 같이 할 수 있습니다. 2일이나 3일 과정에서는 현장에서 직접 써 보는 '훈련(Training)'까지 합니다. 그 차이입니다.

그렇다면 왜 많은 회사들이 비즈니스 글쓰기 과정에 시간과 비용을 투자할까요?

우리가 배운 내용을 가지고 업무 현장에서 실습을 해야 하는데 보통은 그러지 못합니다. 그렇기 때문에 시간과 비용을 따로 투자해 직원들에게 충분히 실습하고 오라는 취지로 이해됩니다. 반대로 말하면, 사무실에 복귀하자마자 배운 대로 보고서를 쓸 수 있으면 며칠씩 따로 그 교육을 받을 필요가 없습니다.

이제 여러분은 이 책에서 읽은 내용을 현업에 적용해서 진정한 학습을 완성할 수 있습니다. 이 책과 함께라면 잘못된 비즈니스 글쓰기 습관을 반드시 고칠 수 있습니다. 한번 고쳐서 꾸준히 연습하면, 그 뒤로는 특별히 의식하지 않아도 내 것이 됩니다. 비즈니스 글쓰기는 단순한 글쓰기가 아닙니다. 여러분과 함께 일하는 사람들과의 커뮤니케이션이며, 업무 능력의 전부이기도 합니다.

끝으로 이메일, 회의록, 보고서, 기획서, 제안서, 보도자료 등을 쓸 때마다 적어도 다음 5가지를 꼭 점검하십시오.

1) 이메일 쓸 때 꼭 체크해야 하는 5가지

① 메일을 통해 말하고자 하는 핵심을 간략하게 썼는가?

② 불필요한 내용이 전체 본문에 최소화 되어 있는가?

③ 제목은 본문의 내용을 요약하여 담고 있는가?

④ 받는이(To), 참조(CC), 숨은 참조(Bcc)를 적절히 썼는가?

⑤ 문장과 어휘의 톤앤매너는 정중하면서도 호의적인가?

2) 회의록 쓸 때 꼭 체크해야 할 5가지

① 날짜, 시간, 장소, 참석자 등 기본 정보를 정확하게 작성했는가?

② 아젠다와 회의 결과를 간결하게 요약했는가?

③ 불필요한 문장이나 내용이 포함되어 있지 않은가?

④ 회의록은 열람이 필요한 사람들에게 제대로 공유되었는가?

⑤ 회의록은 차후에 다시 찾아볼 수 있도록 체계적으로 관리하고 있는가?

3) 보고서 쓸 때 꼭 체크해야 할 5가지

① 제목만 보고도 보고서의 내용을 유추할 수 있는가?

② 요약 부분을 보면 전체 내용을 이해할 수 있는가?

③ 핵심이 되는 부분을 제외한 나머지는 과감히 삭제했

는가?

④ 작성한 항목들은 중요도에 따라 역피라미드형으로 구성했는가?

⑤ 초고 작성 이후 퇴고를 여러 번 했는가?

4) 기획서 쓸 때 꼭 체크해야 할 5가지

① 독자(기획서를 읽는 사람)의 니즈와 궁금증을 해소했는가?

② 형식에 치우치지 않고 창의적이고 현실적으로 기획했는가?

③ 기획서만 보고도 전체 그림이 그려지도록 구체적으로 작성했는가?

④ 구조적으로 작성되었는지 검토했는가? 각 항목별 길이와 깊이를 통일했는가?

⑤ 설득을 뒷받침할 수 있는 객관적 자료를 최대한 확보했는가?

5) 제안서 쓸 때 꼭 체크해야 할 5가지

① '독자가 원하는 것'이 무엇인지 집중했는가?

② 입장을 바꿔 독자의 관점에서 다시 읽어 보았는가?

③ 전체적으로는 두괄식을 갖추었고, 스토리를 잘 녹였는가?

④ 디자인 및 오탈자에 충분히 신경을 썼는가?

⑤ 제안자와 고객과의 관계 관리에 신경을 썼는가?

6) 보도자료 쓸 때 꼭 체크해야 할 5가지
① 가장 중요한 제목을 잘 잡았는가?
② 리드문에 핵심 내용이 들어가 있는가?
③ 본문은 리드문의 내용을 빠짐없이 보충하고 있는가?
④ 제3자가 한 말이나 인터뷰가 독자들에게 신뢰를 주었는가?
⑤ 흥미와 정보 위주로 스토리텔링을 잘했는가?